30年来，我经历了很多，但我的信念一直很明确：一个共产党员，要为党、为国家、为人民的事业奉献自己的一切，这是天经地义的，不需要任何理由！

幸福是什么

郭明义外表朴朴拙拙，内心却十分灵秀和丰满。他会写诗，爱唱歌，是一名出色的英语翻译和岗位能手，更是一位奉献热血真情的爱心使者，一个投身新型道德建设的现代公民。他用生命诠释着一个时代课题——

李春雷 著

北方联合出版传媒（集团）股份有限公司

春风文艺出版社

·沈阳·

© 李春雷　2011

图书在版编目（CIP）数据

幸福是什么 / 李春雷著. — 沈阳：春风文艺出版
社，2011.12
ISBN 978 - 7 - 5313 - 3465 - 1

Ⅰ.①幸…　Ⅱ.①李…　Ⅲ.①报告文学—中国—当代
Ⅳ.①I25

中国版本图书馆CIP数据核字（2011）第276664号

幸福是什么

责任编辑	韩忠良　常　晶　张玉虹
责任校对	潘晓春　陈　杰
封面设计	杜　江
幅面尺寸	165mm×230mm
字　　数	155千字
印　　张	11.5
印　　数	1—30 000册
版　　次	2011年12月第1版
印　　次	2011年12月第1次

出版发行	北方联合出版传媒（集团）股份有限公司
	春风文艺出版社
地　　址	沈阳市和平区十一纬路25号
邮　　编	110003
网　　址	www.chinachunfeng.net
购书热线	024-23284402
印　　刷	辽宁奥美雅印刷有限公司

ISBN 978-7-5313-3465-1　　　　　　　定价：25.00元

常年法律顾问：陈光　版权专有 侵权必究 举报电话：024-23284029
如有质量问题，请与印刷厂联系调换。联系电话：024- 44871130

幸福是什么/ 目录

xingfushishenme / mulu

第四章　血，总是热的

第五章　帮帮孩子

第六章　大爱薄云天

第七章　老郭的幸福生活

第八章　遍地粉丝

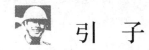 引　子

老实说，我对郭明义的第一印象，十分糟糕。

那是2011年8月中旬的一天下午。

在此之前，我接受了辽宁有关方面的邀请，计划把他的事情写成一本书，便通过他所在单位的宣传部门，希望当面采访。但约请了多少次，他都没有答应。有一次，他在北京开会，我听说后，就专程从河北赶过去。会议期间的三五天之内，我频频打电话联系，邀约抽空儿见一面，哪怕只谈半个小时，但他推三阻四，竟然也没能如愿。我心中不免积攒了浓浓的烟气。

今天，终于见面了，他却仍然没有我以往所见到过的被采访者的热情，反而有些许的不耐烦，说话也是东一榔头西一棒槌。我设计的十几个问题，简直没有一个入辙上道的。

时间已经临近傍晚，疲软的太阳正在关门打烊，他看了一眼手机上的时间，说："对不起，我要回去吃饭了。"

"郭师傅，今天是周末，你也没有什么工作任务，我们能不能在一起用晚餐，顺便聊一聊？"我再一次恳请。

他坚定地说："不，我要回家，老伴已经做好了（饭）。"

大家都僵在了那里。

说完这句话，他或许是感到场面过于尴尬，又说："你要采访我？可以。那就定在明天早晨5点半，还在这里，我们谈半个小时，然后一起去现场。"口气直愣愣的，没有任何商量的余地，像是扔过来一块块粗粗糙糙的铁矿石。

我简直有些气愤了，这个人好不通情理，国家选树这个典型，把他捧红了，他却骄傲成这个样子。

陪同我的鞍钢矿业公司宣传部的工作人员说，东北人就这个脾气，鞍钢人更是直，不要在意啊。又解释，这几天正是破碎站下移，是矿上一个最大的工程，时间太紧，他心里有一些焦急，请理解啊。

我的心里灰灰暗暗的，对第二天的采访和下一步的写作，已经不抱什么奢望了。

第二天清晨4点半，窗外刚刚发亮，我睡意正浓，不情愿地起床、洗漱，而后跟跟跄跄地向他的办公室赶去。

5点半，他果然在那里等我。

他的态度柔和了许多。谈了20多分钟，我发现，对于我提出的问题，他仍然没有实质性的回答，只是说看看资料就行了。

刚刚6点，他立马站起来说，咱们到现场去吧。

说着，他从柜子里为我拿出一顶红色的安全帽，还有一瓶矿泉水："中午工地上太热，容易中暑，注意补水。"

我们就步行着，先是走进了一片专门为采场服务的修路作业区。一排排小平房，矮矮的，土黄色，里面是一个个干干净净的小隔间，那是男人们的更衣室。

院内停放着几十部机械，都是巨型的铁家伙，铲车、翻斗车、洒水车、平路机、推土机……

看着这些庞然大物，我蓦然张大了嘴，耳畔似乎响起了一阵阵

汽运作业区停车场里整齐停放的电动轮生产汽车。

排山倒海般的铿铿锵锵的轰鸣。

　　郭明义哈哈一笑，这也叫大汽车啊？接着，又领着我走进了另一个院子——汽运作业区。抬头望去，我一下子惊呆了。

　　院子里停放着50多台更大的汽车，大得我根本没有见过，大得你可能想象不出来。这么说吧，我们平时乘坐的轿车轮胎直径只有0.5米，我们见过的普通载重汽车的轮胎直径只有1米，巨型载重汽车的轮胎直径可以达到1.5米，而这些汽车的轮胎直径呢，竟然是3.8米，超过姚明父女两人身高的相加。车身呢，接近7米，简直就是一栋栋钢铁的碉楼。

　　郭明义告诉我，这种矿用运输车叫电动轮，现在每台售价2000多万元，在采场的矿路上一次可运载矿石近200吨。只有这样，才能实现大型化生产，才能最大限度地高效和安全。而他的工作，就是为这些大家伙服务……

　　置身于这些巨型钢铁之间，我突然感觉自己一下子渺小了，天地辽阔而静谧，我听到自己的脉搏像秒针一样在清晰地跳动，似乎也听到了郭明义心跳的声音……

1

第一章

沿着雷锋的足迹

小时候，时常和伙伴们到西南郊的矿山脚下一条缓缓流淌的沙河边。清澈见底的小河弯弯曲曲，宽宽窄窄，它时快时慢，哗哗啦啦地流淌着。小河是矿山上叮咚叮咚响个不停的泉水汇聚而来的，河床上长着参差不齐的柳树、杨树、榆树，倒映在水面上，波光粼粼，煞是好看。和伙伴们在石缝里、水草间一起捉麦穗鱼、小鲫鱼，惬意极了。

　　家乡的小河，是哺育我成长的摇篮。它给我灵感，给我无限的遐想，使我长出快乐的翅膀，飞翔在蓝天。它载着我的梦想，日夜不息地流向远方……

　　　　　　　　——摘自郭明义散文《家乡的小河》

1. 童心的樱桃树

有一首歌叫做《东北人都是活雷锋》。这句话用在全体东北人身上显然有些过头，但用在郭明义身上，似乎又不够。

准确地说，鞍钢工人郭明义就是雷锋精神的传人！

樱桃园村，好一个诗意的名字啊！

小村位于鞍山市东北部，这里是千山山脉的余脉，到处是馒头状的高高低低的山岭和蜂窝状的深深浅浅的山坳，又宛若一只只温厚的佛掌，福佑着祖祖辈辈的山民，连同他们的苦难和梦想。大自然无意中散布的厚厚薄薄、浓浓淡淡的矿脉，潜藏在混混沌沌、迷迷茫茫的石层中，那是现代人类的福祉，更是工业文明的筋骨。

1958 年 12 月 27 日，我们的主人公郭明义就出生在这里。他的父亲是鞍钢齐大山铁矿的老矿工，建国前就在这里卖苦力换钱。

郭明义小时候经常在齐大山里玩耍，各种形态的山峰，像鹰，像兔，像神龟安眠，像将军跨马，像贵妃出浴，如果在现代派诗人的眼中，或许又有了无穷无尽的想象。

山下有一条不知名字的小河，清澈见底，空明若无。成群的鱼儿，像鸟儿一样在水里忽快忽慢地飞翔着，呼喊着，舞蹈着。慢慢地，鱼儿们玩得累了，出汗了，就在五彩缤纷的卵石小床上睡觉，做一些悲欢离合的梦。河水静下来了，像一只亮晶晶的大眼睛，怔怔地仰视着湛蓝的天幕上牛群羊群一般的云团在悠悠然地聚聚散散……

周围是一片片的水田，密匝匝的水稻下是灰白白的河虾和黑黝黝的田螺。螃蟹们窜来窜去，手舞足蹈，像抽奖现场意外中奖的彩民；而泥鳅们则滑来滑去，贼意狡黠，像股市上见机行事的老手。间或有几只硕壮的青蛙，像华南虎一样蹲坐在田埂上，圆瞪着大眼，迷惑不解地遥望着远方的鞍山和鞍山市内匆匆奔忙的男男女女。

明明亮亮的水田，白白胖胖的大米，青青黄黄的四季，小河潺潺流淌，那是岁月的琴弦，弹奏着童年的日子。

新中国成立前，日本人曾在这一带开矿，新中国成立后也有零零碎碎的开采。郭明义做梦也没有想到，这里将来竟然成了全亚洲最大的露天铁矿，而且也是他一生的工作岗位。当然这是后话了。

很快"文化大革命"就开始了，学校处于半停课状态。经常一起玩耍的小伙伴李树伟、乔广全可高兴了，早早地就把课本扔进了灶膛里。

那时学校经常搞支农服务，号召学生义务拾粪积肥，而后交给对口的生产队。没有化肥的年代里，粪肥就是生产队的香饽饽，"庄稼一枝花，全靠肥当家"。但他们这些城镇里的孩子，都嫌脏怕臭，就挖黑黑的河泥充假。郭明义是一个老实孩子，每天背一个荆筐，拿一把铁铲，早早地出门拾粪。他爱动脑子，猪和羊随处大便，狗喜欢在固定地方拉屎，牛马粪在村头最多。所以，一个冬天，他积累的粪堆高高大大的，像齐大山一样厚实。

开春的时候，附近另一个生产队鉴定他家的粪堆是真货实料，就出15元收购。15元，几乎是一个工人半个月的工资，奶奶就答应人家了。郭明义回家后，跺着脚大哭，坚决把钱退还，把粪堆无偿地交给了指定的生产队。

那年月，学校还经常号召学生打老鼠，按尾巴计数。李树伟、乔广全都是顽皮的生小子，就把马车夫的鞭梢偷走，剪成几段，用锉刀锉圆，再用砂纸打磨出毛毛来，简直和老鼠尾巴一模一样，不用手摸摸，根本分辨不出来。而女老师害怕传染病菌，谁会去用手触摸呢？于是，他们每每受到表扬，经常在背后呵呵地大声坏笑，只有郭明义，总挨老师批评。

东北的冬天格外冷，教室里要生煤炉。郭明义是劳动班长，天不亮就来到教室生火，弄得满屋子呛烟，别人骂他。等到炉火稳定时，红红的火苗唱着歌儿，跳起舞来，屋里暖融融的，大家心里甜甜的，却忘记了是他的功劳。没有人表扬他或感谢他，好像这份工作天生就是他的差事。

但他不在乎，每天总是早早的，小脸总是黑黑的。

童年里，郭明义最崇敬的人是雷锋。

雷锋就是鞍钢人，和父亲年岁差不多，都在铁矿当工人，后来从矿山参军了。周围很多人见过他，打过交道。

再一个对他影响很大的人就是父亲郭洪俊。1968年7月2日，附近的辽阳市兰家公社响山大队一个水井塌方，把一名中学生和一位解放军排长埋在里面。紧急情况下，郭洪俊和几名矿工跑步赶到，没有工具，硬是用双手抠穿古井，刨出了两个人，直抠得双手鲜血淋漓，指甲都脱落了。

这在当时是一个名闻全国的英雄事件，郭洪俊曾专门赴京作事迹报告，受到了周恩来总理的关注。1969年国庆期间，作为英雄群体的代表，郭洪俊还收到了周恩来亲自签署的参加国宴的邀请信。

也许，这些个英雄情结，像一颗细微的种子，飘入了郭明义的心田，默然发芽，长出了一棵小树，而后长成了一棵大树，一棵蓊蓊郁郁的大樱桃树……

 ## 2. 本是同根生

历史真是惊人地相似！雷锋和郭明义这两个时代典型，虽然相差半个世纪，却有着太多的交集：都是鞍钢工人，都在铁矿上班，都从这里入伍，都在东北那疙瘩儿当兵，而且都是汽车兵……

最让人不可思议的是，介绍他们入伍的竟然也是同一个人——余新元。

当年，雷锋就是以鞍钢弓长岭铁矿工人的身份入伍的。

说起雷锋当兵，不得不提到另一个传奇人物——余新元。

余新元，男，甘肃静宁人，1923年11月出生，1936年参加红

军，抗日战争时期，
参加过著名的山城堡
战役、平型关战役、
百团大战、狼牙山反
扫荡战斗、锦州崔家
岭攻坚战和辽西阻击
战等，多次负伤，多
次立功。更加传奇的
是，余新元受过的两
次重伤，都是著名的
白求恩大夫亲自主刀
救治的。

郭明义在鞍钢集团股份公司化工总厂雷锋
纪念馆里的雷锋像前留影。

新中国成立后，
余新元在辽阳军分区
负责征兵工作。雷锋
当时在鞍钢弓长岭铁
矿当工人，一心想参
军，但由于个头太小，只有1.54米（规定1.6米），体重太轻，只
有54.5公斤（规定60公斤），不符合规定。但雷锋特别执著，再三
恳求余新元。余新元也打心眼里喜欢这个朴朴实实的小伙子，感
觉应该把这么优秀的青年送到部队去。从矿山到辽阳市，有几十
里的路程，交通不便，无处吃住，余新元就让孤儿雷锋吃住在自
己家里，陆陆续续竟达58天。这其间，余新元多次找有关方面疏
通，终于使雷锋顺利入伍。这便开始诞生了一系列的我们大家都
熟悉的雷锋故事。

郭明义初中毕业后，由于高考停招，只能到齐大山铁矿参加工

作。当时，参军入伍依然是青年们的首选，郭明义当然也不例外。而此时余新元已经是鞍山军分区的副政委，直接负责该地区的征兵工作。

郭明义的父亲郭洪俊是赫赫有名的英雄，与余新元相熟，就带着儿子去登门拜访。余新元第一眼看到郭明义，就喜欢上了这个和雷锋一样朴朴实实的小伙子，而且郭明义的身体条件比雷锋好多了，于是就亲自担当介绍人，推荐他参军。

1977年1月，郭明义光荣入伍。在鞍山火车站举行的送行大会上，和雷锋一样，郭明义作为新兵代表，作了慷慨激昂的发言。

郭明义所在的部队是沈阳军区23军67师201团，驻防黑龙江省佳木斯市。

第一个岗位是炊事员。当时连队每天的早餐是玉米糁子粥。玉米糁子像碎石头一般坚硬，很难熬开，喝到肚里，不易消化，不少战士闹胃病。怎么才能熬出可口的粥呢？他悄悄写信问母亲。母亲告诉他，要用清水提前将玉米糁子泡软，再熬，又软又黏糊。从此，战友们都喜欢喝他的粥，称为"明义粥"。可谁知道，他为此要早起床两个小时呢。

为了改善伙食，他还养了十几头猪。最担心的是母猪生产前后，由于冬天太冷，如果照顾不到，小猪的成活率很低。他事先给母猪喂服土霉素，准备好消毒用品，整夜整夜地守在猪舍，把煤火生得旺旺的，把母猪的生产部位和乳头擦拭干净。小猪一只只地生下来了，他剪断脐带，擦上碘酊，将猪崽儿嘴里的残液清理掉，再将它们身上的黏液擦干净。有的小家伙不会吃奶，他就让它们吮吸自己的小手指。那一年，连队的小猪崽儿一个也没有夭折，全都溜光光、圆滚滚地成活了。

　　猪崽儿们长成又肥又壮的大猪，当地老百姓来参观，惊奇地说，当兵的比我们养猪还好。又叹息说，复员回去也不养猪，不过是一群哑巴畜生，对它们那么好，也不会开口说话，何必那么认真呢。

　　由于表现出色，部队又安排郭明义到汽车连。不用说，他成了一个雷锋式的汽车兵。

　　1978年的年终，师直属汽车连进行技术大比武。

　　104台汽车停放在师部车场里，齐刷刷排成一条线。郭明义的"解放"开出队列，他操作精准、沉稳，前进、倒退、拐弯、提速、刹车……规定技术动作误差竟然不到一厘米。结果，他获得理论和实际操作两项第一。1980年被评为全师"学雷锋标兵"。

　　1977年，满怀报国热情的郭明义（后排右二）报名参军，成为一名光荣的解放军战士。1980年他成为全师"学雷锋标兵"。

3. 矿山的儿子

心中的樱桃树已经悄然发芽，他成了一名优秀的汽车司机，一名出色的宣传干事，一名小有名气的业余作家……

矿山的儿子硬骨头。矿长夫人迟到了，他不留情面，果断曝光，罚款100元！

1982年1月，郭明义退伍，回到父亲的工作地——鞍钢齐大山铁矿汽运车间担任T20汽车司机。

层层叠叠的山峰，舒舒缓缓地四散而开，蕴藏着大自然留给人类的宝藏——铁。2500多年前，一个村庄群落栖息在一个形似马鞍的山坳里，憨憨地沉睡着，悄悄地繁衍着。鼓风冶炼的土高炉点燃了这里的文明之光，照亮了一张张黄褐色的脸庞。这就是鞍山城市的来历。

鞍钢的前身是始建于1916年日伪时期的鞍山制铁所和昭和制钢所。据《鞍山志·鞍钢卷》记载："1935年—1945年，昭和制钢所累计生产生铁905.6万吨、钢547.4万吨、钢材327.8万吨。"日本人撤离的时候曾恶毒地留下一句话："你们在这里种高粱吧！"但，郭明义的父辈们却在这片废墟上，建起了新中国第一个钢铁工业基地，成为"共和国工业的长子"。

齐大山矿的历史也颇为曲折，日伪时期名叫樱桃园铁矿，属于掠夺式开采，循着富矿脉像老鼠一样挖洞，达数百米，这为后来的郭明义时代的矿业生产埋下了深深的隐患。新中国成立后，这里作为鞍钢的附属铁矿，也进行了小规模采挖。1969年，改名为东方红铁矿，正式开始大规模露天采掘。"文革"之后，改现名齐大山铁矿。

铁矿原来是一座山岭，海拔127米。在郭明义的儿时记忆中，当年的采矿设备都悬置在半山腰上，小火车、电铲、汽车等，需仰视才见。上世纪80年代初期，山头逐渐降低了。再后来，齐大山消失了，变成了齐大坑，而且这个坑越来越深，超过了负127米，开挖难度也越来越大。

郭明义肯定是一名优秀的司机，上班当年，便提前16天完成全年任务，创单车年产最高纪录，成为轰动矿山的新闻。

但他又是一个爱学习的人，他常常为自己学生时代荒废学业而懊悔呢。当时，全社会正在兴起文凭热，全民自考，郭明义也迅速投身到了这股时代大潮中。

1984年，他幸运地通过人事部组织的全国统一录用干部考试，由工人身份转为干部。

这之后，他担任了汽运车间的团总支书记。400多个青年，唱歌、跳舞、演讲、篮球赛、足球赛，各项活动红红火火，男女青年高高兴兴。其实，很多青年不知道，他们玩的篮球、足球等，大都是郭明义用自己的工资购买的。

1985年，郭明义考入了鞍山市委党校脱产大专班，学期两年半。在那里，他系统地学习了很多基础知识和管理知识。当时，不仅考上不容易，能同意他脱产去学习更不容易。矿党委考虑到他的突出表现，才破格同意他脱产学习。

1987年7月毕业后，他被调入矿业公司党委宣传部，任副科级干事。

宣传部新来的年轻人，坐机关，搞宣传，以前没有干过啊！但郭明义是一个能吃苦、爱学习的小伙子。白天像蜜蜂一样在矿区各个角落飞翔，晚上加班写稿子。坐下去，坐下去，静静地阅读，深深地思考，苦苦地练笔，让思想生出翅膀，让枯笔开出鲜花。不长的时间，他开始写通讯，写论文了，当年竟然发表100多篇。最让人惊奇的是，他还在《鞍钢日报》《流火》等报刊上发表了10多篇（首）散文和诗歌，成为当地一名小有名气的业余作家。

人的潜质真是具有多种可能性啊，全在于实心投入和自我挖掘。

但好景不长，1988年6月，由于受当时政治大气候的影响，齐大山铁矿政工系统和全国的政工系统一样大幅精简，党委宣传部撤销。他成了下岗分流人员，经过几个月的再就业培训后，被分配到机动车间，担任统计员兼人事员，成了一名只保留干部身份的车间工人。

人事员承担着车间劳动纪律考核工作。迟到、早退、怠工、失误，不管是谁，他都不留情面，在黑板上曝光。

在他的监督下，机动车间劳动纪律大变。

有几个被罚款的工人不服气，冲他说："你只管我们普通工人，车间主任、矿长夫人你敢碰吗？"

"只要他们触犯劳动纪律，我照罚不误！"于是，郭明义把目光紧紧地盯上了领导层。

果然，几天后，车间主任和矿长夫人的名字赫然上榜，被写在了门口的黑板上，每人罚款100元。

全车间惊炸！

父亲骂他说："你小子真是一根筋啊，你的岗位是车间主任给的，你又想被分流下岗啊？"

郭明义说："制度面前人人平等！工作制度是车间主任亲自主持制定的，他更应该带头执行，只有这样，才能服众。再说，鞍钢现在正是最困难的时期，再不加强管理，什么时候才能扭亏为盈啊？"

父亲叹了一口气，不再说他。

但出乎父亲意料的是，当年年底，郭明义不仅没有下岗，而且满票当选为机动车间的先进个人。

那一年过年时，车间主任特意到他家里拜年，鼓励的同时，还给他送了几斤苹果。

这就是郭明义，一个耿直的认真的执著的愣小子。

笔者感言： 雷锋与郭明义有着很多的相同点：都是助人为乐，都是"螺丝钉"……

但他们的不同点也是显而易见的：作为20世纪60年代的时代典型，雷锋的所作所为，是为了感恩新社会，是为了心中信仰的那一份理想而又温暖的共产主义。而郭明义，则身处市场经济时代的现代社会，他的所作所为，不仅是出于一名共产党员服务于人民，奉献于社会的信念，更是出于一种自觉的公民意识和公民责任，还有一份踏踏实实的认真和执著。

2

第二章

天上掉下个郭翻译

电铲

人们无法说出他的巨大

伸出的手臂去触摸太阳

旋转的世界里

闪烁的星空里

捧出乌金

恰似那太阳洒出的余晖

——摘自郭明义的诗歌《矿山组诗》

这又是一个喷薄欲出的黎明。每天，我都会静静地、轻轻地、悄悄地等待着这一时刻的到来。当金色的阳光洒满矿山的时候，电动轮、电机车鸣响了春天的喇叭，矿山站的信号灯，变幻着春天的色彩，钻机、电铲、破碎站旋转着春天的舞步。大爆破的轰隆隆的声音，预示着春天的黎明的到来。

　　我永远坚信：面朝矿山，春暖花开！

　　　　　　　　——摘自郭明义的新浪微博

4. 我爱English

　　如果一个普通工人，在学生时代根本没有学过英语，成人后完全依靠自学，成为一名出色的英语翻译。你相信吗？你肯定不会相信。

　　但，郭明义就是这么一个人。

　　一切皆有可能，全看如何行动。

　　整个学生时代，郭明义根本没学过英语。那是什么年代呢，反英反美又反苏，学英语也没有任何用途啊。

　　郭明义最早结识英语，是在恢复高考时的 1977 年。部队里有一个战友偷偷准备参加高考，每天都在收听英语广播，那是他第一次真正认识A、B、C。他的很多同学也报名了，并纷纷来信怂恿。他认真想了想，叹息一声，把这个想法又咽了回去，他知道自己的基础太差了。但对那些个蝌蚪似的字母，却暗暗燃起了兴趣。

　　渴望，像虫子一样，在心底蛰伏下来。

　　转业后到鞍钢上班，科学和文化的春天到来了。他也参加了自学考试和各种考试，学英语，读名著。但那是为了文凭，或者，就是为了学习、为了充实，没有别的目的，他只是觉得时间不能就这样白白地流逝。

1991年2月的一天，经过多轮严格考试，他终于拿到了国家统计员资质证书，是全矿山数千人中唯一的。他拿去向矿长宋贵清报告。

证书的封面上写着"中华人民共和国统计员资质证书"的中英文。

宋矿长问："你懂英语吗?"

"懂一点儿。"

"念一念。"宋矿长指了一指。

"The People's Republic of China actuary qualification certificate（中华人民共和国统计员资质证书）。"郭明义脱口而出，流畅又滑润。

1994年—1996年齐大山矿扩建期间，郭明义担任电动轮组装现场的翻译。图为郭明义和工友们与外方专家在现场工作的场景。

矿长定定地看着他，又询问他自学英语的经历。

两天后，矿办公室突然通知他，到鞍钢冶金部干部管理学校（校址设在鞍山）脱产学习英语。

原来，国家"七五"重点建设项目——齐大山铁矿扩建工程已经进入开工准备阶段，计划投资45亿元，引进世界上最先进的矿山设备，新建一个选矿厂，使之成为亚洲最大的露天铁矿。为了扩大生产能力，实现生产的大型化、现代化，国家批准引进33台世界上最先进的载重量154吨的矿用汽车——电动轮，每台售价1000万元以上。由于该型汽车体积太大，任何交通工具都无法将其从海外运到现场，只能将零部件运来，然后由厂方派专家现场组装，这就急需与外国专家直接沟通的现场翻译。鞍钢集团公司分配给矿业公司4个指标，其中3个人已经确定，分别是清华大学和北京钢铁学院的毕业生，还有一个名额一直没有落实，矿长正在物色人选，正好遇到了郭明义。

鞍钢是中国最大的钢铁企业，人才济济，整个扩建工程，齐大山铁矿挑选的英语人才有40多个，全部是来自清华、北钢院、北理工等重点本科院校的学生，只有郭明义一个是完全依靠自学的土家伙。

郭明义当然珍惜这次机会，但与这些名牌大学的英语高才生比起来，他的基础实在是太差了。

在班里，他岁数最大，又没有本科学历，但他学习态度最好。

每天去得早早的，他恨不得自己的大脑变成一块大大的海绵，把所有的水分都吸收进来；抑或变成一台灵敏的录音机，把所有的英语单词全部存储下来。

他给自己规定了死任务，每天必须记住30个单词。他把这些单词写在胳膊上，写在本子上，写在家里的墙壁上。走在路上，他的嘴里喋喋不休，吃饭时也喃喃自语，睡觉前插上耳机，连梦里也爬满了密密麻麻的蚂蚁般的英文字母……

郭明义学习英语的最大特点，就是"厚脸皮"。课堂上大胆举手，平时与同学们谈话也不用汉语，见到外教，总是主动上前攀谈，谈天气谈文学谈新闻，不会的词汇，就用手比画，就刨根问底……

一天午后，突然雷声滚滚，天昏地暗，暴雨大作。外教准时走进教室，同学们却不能赶来，只有郭明义一个人，骑着自行车，在闪电和雷鸣中，冒着大雨赶来了，浑身淋得湿透。外教大为感动，亲自帮他擦去头上和脸上的雨水。

等了一会儿，仍是不见人影。外教便和他坐在一起，面对面，只给他一个人上了一节特殊的教学课。

1992年10月1日国庆节，熟谙中国国情的外教，破例用汉语说："今天是你们国家的生日，请用你们自己的语言，唱一首献给祖国的生日歌吧。我想请郭明义同学独唱，听说他是一位业余歌唱家。"

全场响起了热烈的掌声。

郭明义唱得十分投入：

今天是你的生日，我的祖国，
清晨我放飞一群白鸽，
为你衔来一枚橄榄叶，
鸽子在崇山峻岭间飞过。
我们祝福你的生日，我的祖国，
愿你永远没有忧患，永远宁静……

郭明义与外方专家在电动轮备件集装箱前合影。

他满怀深情地歌唱,他唱得泪流满面……

外教也流泪了,他的确很少见到这样的中国人。

郭明义,就是这样一个淳朴的、率直的、真情的人啊!

…………

一年之后,郭明义的英语口语和书写能力已经初步达到能够与外国专家直接交流的程度,词汇量也超过一万个。结业考试时,他在40多名学员中名列第五。

所有的人都惊呆了,这小子的脑瓜真是太神奇了,像磁铁一样能吸得住字母的碎屑。

是郭明义聪明吗?不是的。

他的秘密武器就是执著和专注。像一柄锋利无比却又无所畏惧的钻机。

挥舞着这个武器,他战无不胜!

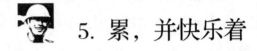 # 5. 累，并快乐着

在雷锋身上，最典型的是"螺丝钉精神"。而在郭明义身上，体现最明显的却是一种"钻机精神"。

用高度的热情和专注，去面对困难，去钻透困难坚硬的壁垒，去钻出一片明亮亮的天空……

1993年，齐大山铁矿扩建工程全面开工。

33台电动轮汽车的散件陆续运抵现场，6个国家的40多位专家也纷纷进入岗位。

郭明义和另外3名翻译也随即被分配到扩建工程指挥部办公室，担任现场翻译和资料翻译。

实战状态中，郭明义再次感觉自己差距太大。来自6个国家的专家英语方言不一，而且有很多偏僻艰涩的专业知识和术语，他没有学过工科，根本听不懂，往往造成误会，耽误时间，降低工作效率，引起外方专家的不满。他心里乱糟糟的，急得直想头撞墙。

苦恼，像药水一样浸泡着他。

可是，一向不肯服输的郭明义，又拿出了那股"钻机"的精神，定准方向，心无旁骛，一股劲扎下去。和外方专家交流，最主

要的不就是单词吗？那好，我就一个一个地攻克。他每天把说明书里的单词，一一对照地翻译成中文，再把这些偏僻的词语写在胳膊上，写在小纸片上，贴在家里的床头上、墙壁上、厕所里……只要一抬头就能看见。他每天一睁眼就开始背单词，晚上临睡前，也要把这些单词在脑子里过一遍。每天最早到现场，最晚离开，就是为了能和外方专家多说几句话。

现场每天的工作进程，都必须有中英文报告，他主动执笔。无疑，这又是一条强化自己学习英语的路径。

工地上，双方工作人员交叉在一起，进行流水作业，环环相扣，紧张而精密，经常会出现一些配合上的摩擦和矛盾。这时候，老外们便会大声喊道："郭！郭！……"

他匆忙地跑过来跑过去，像一个旋转不停的陀螺。

由于公司安排的司机不懂英语，与外方专家沟通不便。郭明义又主动要求担任兼职司机，每天开车接送。星期天、节假日，老外经常外出购物、游览，他也全程开车服务。老外们过意不去，给他小费，他分文不取。

他说："我们鞍钢有规定，不能私自接受专家朋友的礼品，还是让我们遵守吧。再说，我给你们服务，你们教我学英语，两相抵消了。"

50多岁的托尼，是美国犹格里德公司-澳大利亚售后公司的汽车发动机专家，一个认真得近乎顽固的工作狂，他每天规定的工作目标，完不成决不下班。一个三伏天的上午，大家在露天的工地上装配一套系统，因为一个程序错乱而耽误了时间，天已正午，骄阳如火，气温超过40℃，别人都下班了，他固执地要坚持干完。12时20分，高大肥胖的他中暑了，突然摔倒在地，浑身抽搐。郭明义马上开车把他送到最近的鞍山市第四医院，背进急诊室。郭明义的妻

担任翻译期间，郭明义与外方工程技术人员结下了深厚的友情。

子就在这个医院担任护士长，赶快跑过来一起抢救。

由于严重脱水，再加上心脏病突发，托尼生命危险。

医院立即成立专家组急救。直到下午3点，托尼终于转危为安。从此，托尼与郭明义的关系更密切了。

过春节的时候，郭明义带着托尼和另一位外方专家，到家里一起包饺子。这些外国人，对中国的饺子，很是喜欢呢。

大家拥挤在郭家窄窄的房间里，心更近了。

刚开始，托尼包出的饺子歪歪扭扭，瘪瘪的，像一个个瘦骨嶙峋、弱不禁风的林黛玉。不一会儿，在郭明义夫妻的指导下，他的作品就变得饱饱满满的了，像一个个大腹便便、趾高气扬的薛蟠。

饺子出锅了，一个个白白胖胖，坐在盘子里，微笑着，和大家一起欣赏着央视春节联欢晚会……

6. 郭大傻

郭明义曾有一个绝好的跳槽机会。如果那样选择，他早就是富人了，可他没有。他仍是一个清贫而又快乐的鞍钢人。

这真是天下最好的中国工人阶级啊！

按照规定，郭明义只是负责资料翻译工作，电动轮进口备件的质量检验与他没有关系。

可每一次对照说明原文，他都认真查验。

在组装发动机系统时，对发动机运转声音特别敏感的郭明义感觉到了几丝隐隐约约的杂音，便在质量分析会上公开提了出来。

一束束质疑的目光齐刷刷地射向他那张红褐色的国字脸，不仅来自老外，还有矿里的领导和工友们。

你懂吗？

你又不管质量检验。

你不是跟老外的感情很好吗？

这老郭又"犯傻"了。

外方专家明确表示郭明义多此一举，他们是这方面的权威。更重要的是，他仅仅是一名翻译，没有质检的权限，连一向与他关系密切的托尼也劝他说：

"Mr. Guo, my dear friend. Don't pick in others garden please. You are just a translator.（郭先生，我的好朋友。请不要在别人的花园里采摘。你只是一名翻译。）"

"Even though I am just a translator, I am a Angang man. I should be responsible for my enterprise. I have the rights and obligations.（虽然我只是翻译，但我是鞍钢人，我要为我的企业负责！我有这个权利和义务。）"郭明义说。

"If you question us without any evidence, which will damage the reputation of our company. We will make you a protest.（你如果没有任何证据地质疑我方，将会损害我们公司的名誉。我们将向贵方抗议！）"

是啊。郭明义不再言语了。

但他内心不服啊。在之后的日子里，他常常钻进窄小的电机箱里，拿出厚厚的英文说明书，一张一张地核对图片，一条一条地核查合同条款，一项一项地推敲揣摩。

终于发现是因为后轴箱处轻微开焊。

他又细细检查，发现共有5台车有这种现象。虽然不是关键部位，但毕竟是外方设备的瑕疵。

他马上写出中英文报告，并请中方专家一起，与外方专家严正交涉，据理力争。

在事实面前，澳大利亚专家终于承认是他们配件上出现问题，不得不答应全部更换，并按照合同赔偿10万美元。

虽然双方时有摩擦，但关系更加亲密了。

一次，郭明义开车带着两名外方专家到鞍山市外事办公室办理手续。路过团市委办公室时，他说："对不起，请等一下。"原来他最近终于攒足600元，便顺便去一下"希望工程"办公室，为两个贫困孩子捐款。

两个外方专家明白内情后，十分感动，也分别捐出600元，请郭明义帮助选择了两名资助对象。

合作结束后，外方专家组陆续撤离。分别时，澳大利亚人托尼又特意来到他家里，一起包饺子，并执意送给他一块金表。这对他来说，是最贵重的礼物了。

盛情难却。郭明义收下金表后的第二天，便主动送交鞍钢援建指挥部办公室。

办公室主任说："这只表是你们之间的私人赠予，你可以不必上交。"

"但，我是代表鞍钢的啊，没有鞍钢也没有我们的这一份私人友情。还是由公司保存吧。"

这个固执的人，硬是把金表上交了。从此，他被实实在在地扣上了一个"郭大傻"的外号。

郭明义（前排左一）和工友们与外方工程技术人员在组装好的设备前合影。

至今，这一块本属于他个人的象征着他与托尼私人友谊的价值不菲的金表，仍然存放在鞍钢公司的礼品仓库里。

托尼也曾动员他出国，并答应帮他联系："你才38岁，出国发展还不算晚。凭你现在的英语水平和业务能力，完全可以在美国汽车企业里找一份年薪5万美金的工作，并全家移民。"

他坚决地拒绝了。

后来，在托尼的推荐下，澳大利亚-美国犹格里德公司澳大利亚售后服务部中国区总管主动联系郭明义，希望他能去北京工作，担任中国区总代理助理，月薪300美元，或日薪13美元。

郭明义当时每月工资只有400元。月薪300美元是他一年的收入。

他说，我的家在鞍钢，我父母都是鞍钢人，我的一切都是鞍钢给予的。我虽然不富有，但我很知足，我不能离开这里。

与他一起工作的另外3个翻译，其中两个出国了，另一个去了外企驻中国公司（即原来邀请他的公司）。只有他，依然踏踏实实地在鞍钢工作着。

他仍是一个清贫而又快乐的鞍钢人。

这真是天下最好的中国工人啊！

笔者感言：的确，在郭明义身上，除了具有雷锋的"螺丝钉精神"之外，更有着一种令人肃然起敬的攻坚克难的"钻机精神"。他更投入，更执著，更认真，应了他多年坚守的一个原则——"既然做了，就要做到最好。"从在部队里成为炊事高手、养猪能手和优秀司机，到在矿山上成为出色的宣传干事，小有名气的业余作家，特别是从一个没有学过英语的"土包子"，完全通过自学成为一名专业级的翻译。在一个个陌生的领域内，他干一行，爱一行，专一行，一路走来，像一台锋利无比的"钻机"，穿透了一道道障碍，收获了一路风景……

3

第三章 ······························

矿山恋

矿山，我是你的儿子。不管我走到哪里，我都爱恋着你啊——矿山，我的故乡！年轻时的初恋，长期的吟唱，永不感到疲倦。矿山，你是一条流淌的金河，满山，满道，满坡，满眼的金黄……

　　洒满阳光的采场路上，一位年轻的矿工，唱着《咱们工人有力量》，唱着《矿工之歌》。听着听着，突然，电铲司机、钻机司机、推土机司机、电动轮司机都不再沉默，都随声附和，装车、开钻、刮道、唱歌。高亢有力的歌声，熟悉的曲调，优美、流泻的旋律和气势，汹涌澎湃，一泻千里。

　　今天，又干了10万吨。

——摘自郭明义散文《放歌矿山》

7."鞍钢宪法"

电动轮每辆自重90吨，载重154吨，售价1000多万元，对路况十分挑剔。公路管理员，责任重大，任何一个小小的失误，都将带来几十万元的损失。

出乎所有人意料，郭明义痛快地答应了，没有讲任何条件。

1996年，齐大山铁矿扩建工程完成，全面进入生产阶段。

作为全国最大的钢铁联合生产企业，矿石生产是鞍钢的第一道工序，如果矿石供应不及时，整个鞍钢的生产链条将全面瘫痪。而这33台电动轮承载着3000多万吨矿石的运输任务，占整个鞍钢生产用量的三分之二。

电动轮汽车每辆自重90吨，载重154吨，加起来近250吨，对采场公路路况要求十分挑剔，路面要平坦，路基要坚实，坡度要平缓，一旦发生侧翻，损失不可想象。如果路况不好，还将直接损耗车辆，而每辆车的售价都在1000万元以上，每一个零部件都需要进口，别说车体损坏，就是更换一个轮胎，价值也在40万元以上。

养路重于修车！

电动轮汽车的发源地——澳大利亚的铁矿山，大都是富铁矿，品位在67%左右，几乎可以直接入炉冶炼，所以开采面很小，人家专门为电动轮汽车铺修了柏油路，可以一劳永逸。而我们的矿山，因为品位太低，每天需要大面积地爆破，剥岩的工程量太大，道路走向随时调整，根本没有修筑柏油路的必要，反而，对土石公路的设计、施工及维修，工程量却格外繁重。

必须设一个专职的公路管理员，负责公路的规划、设计、修筑、维护和管理考核。路况好了，不仅可以保证生产，而且还能大大节省汽车维修费用。

谁负责这项工作至关重要。

只有郭明义！

本来，3年来担任现场翻译，劳苦功高，应该调整到一个轻松的岗位，收入多些。但如果担任公路管理员，有时要现场作业，又脏又累，而且责任重大，这岂不是还不如以前的岗位？

连矿领导也不好意思找他谈话了。

但，出乎所有人意料的是，郭明义痛快地答应了，没有讲任何条件。在他的眼里和心里，电动轮汽车就是他的生命。

所有的人都在为他惋惜呢。

在接下来的几个月时间里，他日夜坚守在现场，指挥十几路筑路队伍，修造了24米宽、盘旋40公里的矿山公路，并制定了详细的矿路技术参数。

后来，这些参数经过反复验证，形成标准，并通过国家权威部门正式颁布，成为全国矿山公路的"鞍钢宪法"。

采场的公路行云流水般在灰蒙蒙的山谷里飘荡，高高低低，起起伏伏，隐隐约约，缓缓降落在谷底的采矿场。这里是亚洲最大的

鞍钢集团矿业公司齐大山铁矿采场矿石破碎站。

露天铁矿——鞍山钢铁集团齐大山铁矿。经过几十年的采挖，原来海拔127米的山头，早已变成了负165米的深坑，齐大山实实在在变成了齐大坑。

采场呈锅底形，方圆6平方公里，公路环绕，层层叠叠。人工挖掘的悬崖峭壁上，遍布着赤红的矿石、黄色的岩石、白色的石英石……五彩斑斓，展示着大自然谜一样的瑰丽、丰富和神奇。

这里，就是郭明义的乐趣，就是郭明义的世界。郭明义每天穿行在灰蒙蒙的土路中，指挥调度着修路工程。

每天都要放炮，都要开辟新工地，所以，这些公路几乎每天都在变动，都要重新开辟和修筑。而且，数十辆"巨无霸"的来回碾压，路基塌陷是经常的，路面出现坑坑洼洼、坎坎坷坷更是家常便饭。这样的路段，郭明义每天巡视一遍，就需要徒步走20多公里，即便是到近处看一遍，每天也得走10多公里。

每天筑路、修路的任务，真是太大了！

而且，近些年来，整个矿山的开采量一年比一年增加，现在已经超过 5000 万吨。每天的运输量是多少？接近 20 万吨。

这是一个怎么样的工作量啊！

这里，就是郭明义的岗位、郭明义的责任！

 # 8. 为"儿子"服务

电动轮汽车的高度近 7 米，轮胎直径近 4 米，比姚明父女的身高相加还要高，加一次油要多少？2 吨。这些都是他的儿子啊，比儿子还亲。

每天早晨 5 点钟，郭明义就步行出发了……

黄褐色的烟尘弥散着，几十辆"变形金刚"般的巨型电动轮嘶吼着，一顶红色的安全帽在它们的缝隙间跳跃。帽子底下是一张绛紫色的国字脸，这就是郭明义。

说起来，他这个公路管理员，是公司技术室的业务总管，还是干部身份，本来可以坐在办公室，不必天天置身现场的，因为前线的修路车间还设有专人负责。

可他不放心啊。

每天4点30分起床，洗漱，准备早餐：昨晚的剩米饭，加开水，再加一个咸鸭蛋，或一个焐土豆，或半个茄子。匆匆吃完，5点前到办公室。换绝缘鞋，穿工作服，戴安全帽，拿上有关工具，再步行40分钟，6点前准时来到现场。

若是冬天呢，天太冷太黑，就早10分钟起床，4点50分出发。采场内不准小型汽车出入，更不让自行车通行，因为电动轮太大了，轮胎直径近4米，驾驶室高度近7米，驾驶员视野内有若干盲区，一辆小轿车在它的身旁和轮下，像玩具，碾压无知觉。

为了躲高峰限电，电动轮的生产高峰安排在每天下午1点至第二天早上8点。每天上午呢，就回到汽运车间的大院里，检修车辆，添加油料。

加一次油要多少？

2吨。

利用电动轮检修、加油的间歇，郭明义指挥队伍抓紧检修公路。为了检修公路，矿山专门设置了一个修路车间，100多人，50多辆水车、铲车、翻斗车、平路机和推土机。

按规定，他的上班时间应该是早晨8点，而他总是提前2个小时就赶到了。

为什么呢？

他赶到现场的时候，电动轮们正在陆续回巢，他就在现场步行巡视，把昨晚碾压过的所有路线全部勘测一遍，把损坏的路面一一记在心上，并开始构思、计算今天将要投入维护和修整的人员和物料。这样，修路车间的工友们8点上班后，就可以直接进入角色，一刻也不用耽误。

修补公路的过程中，他又开始检查验工了。

发现路面仍不理想，就马上用报话机下指令："3号公路2800米处，平整度不够，再卸5车粉石……"

于是5辆装满石料的翻斗车开过来，卸下粉石。平路车迅速跟上，抹平路面。

"2号铲窝需要清理！"他又命令。

巨型电铲专为电动轮装运矿石，电铲的工作场地称为铲窝。铲窝附近常常会有掉落的石料，必须及时清理，否则不仅误工，而且损坏轮胎。

一辆推土机过来了，把地面上的碎乱石块清理到远处，为电铲腾出一个平坦、宽敞的舞台。

…………

 # 9. 矿路医生

终于完工了，全体机械迅速撤出战场。突然，他摔倒在地，口吐白沫，四肢抽搐——中暑了。

躺在血红血红的泥浆里，10多分钟后，终于醒过来了……

阳光直射在连绵起伏的山谷，白亮亮地爆裂开，烤得人睁不开眼睛。

夏天的采场，简直就是一个封闭的桑拿室，高温时常在40℃

以上。

司机们工作在驾驶室里，有空调，而郭明义只能在露天作业，头顶上没有一片遮阴。

一次，由于下雨，路面多处坏损，修路工程量骤然加大。修路车间所有车辆抢修到中午，还没有干完。他早忘记了吃饭，站在毒辣辣的太阳下指挥、叫喊，脸上热汗滚滚，满头乱发好像要熊熊燃烧。如果在下午1点之前不能完工，就要耽误电动轮生产，就是一起严重的生产事故。

几十部车和工人都急得发疯，拼命地干活，累得气喘吁吁，满头大汗。12点40分，终于干完了，全体机械迅速撤离现场。突然，他摔倒在地，四肢抽搐，神志不清——中暑了。

推土机司机单锡纯惊叫了一声，赶忙扶起他。他的工作服上结

郭明义在风雪天指挥修路作业。

出硬邦邦的盐碱，烫手，没有一丝汗湿。

"水……"他喃喃地说。可是，哪里有水呢？在这个布满矿石的荒山野岭里，没有树荫，没有工棚，更没有凉水，只有白花花的炽热。最近的水源也得两公里外呢。

怎么办？十几部汽车都瞪大眼睛，焦急地看着他。

情急之下，老单开来5米多高的洒水车，打开阀门，用喷水枪向躺在地上的老郭喷去。而后把车开到路旁，又把郭明义抬到车身的阴影里。

他全身湿透，躺在血红血红的泥浆里。10多分钟后，才缓缓地睁开了眼睛。

老单又摘下安全帽，接满水，送到他的嘴边……

2007年夏天的一个晚上，大雨骤至，导致山体滑坡，把公路掩埋了，正在工作的电动轮只好停工。郭明义马上从家里疯狂地跑过去，远远地看到大家围在路边。为了赶时间，他来不及绕行盘旋的采场公路，而是从一个斜坡上往下冲。这个斜坡高差90多米、倾角45度，雨水浸润后山体松动、险象环生，每跑一步都有成群的碎石块随行。当他连滚带爬地赶到大家面前时，浑身衣服都扯烂了，鞋子也丢失了，双脚流血。

大家惊慌失色。

工友高森山一把抱住他，大骂："你他妈的不要命了！"

他顾不得许多，冲着大家吼道："快修路！"

他就这样光着脚，来回指挥着，直到天明恢复生产。

冬天里，由于四周山壁遮挡阳光，采场内冷若冰窖，气温往往低于零下20℃。

郭明义通过对讲机下达修路作业指令。

　　这时候的采场，最担心的是下雪，而地处东北的鞍山，偏偏天冷雪肥。每每天空飞白，是郭明义最紧张的时候，必须放下一切工作，全员出动，全力以赴，不惜代价，用最短时间把大雪铲掉，或用盐化掉，保证矿路畅通。否则，电动轮歇工一天，损失就太大了。

　　零下20℃的天气，他跑前跑后，往往大汗淋漓……

　　还有各种各样的不测，他的心弦总是绷得紧紧的。

　　当年日本人在这一带开采时，只选择品位高的矿脉，像老鼠一样挖洞，很深，达几百米，据说仅这些无名洞就有几百孔。抗战胜利后，这些档案资料全部丢失了，给现在的开采留下很多隐患。

郭明义在采场通过对讲机指挥调度修路工程机具。

这么巨型的汽车，装满矿石后，总重近300吨，如果路面塌陷，就要出大事故。有一次，崖壁上突然冒顶，一条暗洞的积水猛然喷出，水红红的，像血，流淌了整整一天，把面前的采场公路也冲断了。

每天要步行几十公里。他的脚上似乎安装了传感器，一旦有隐情，就放慢脚步，放慢脚步，来回地转圈，那副样子，就像是电影里工兵在探测地雷，又像是医生在用听诊器细细地谛听患者的胸音。

矿领导见他如此辛苦，曾特别决定为他配备一辆皮卡，作为工作用车。他当即就回绝了。

不仅仅是增加花销。更主要的，是影响他对矿路的脚感。

常常地，走在采场里那一条条灰灰白白的碎石公路上，看着布满铁锈的紫红紫红的悬崖，闻着那粗犷而又醇厚的矿石的味道，他的心里踏实而充盈……

采访时，鞍钢矿业公司宣传部吴干事说，郭明义这个岗位太重要了，创造的效益难以计算。近年来，采场又新购了20多台T190电动轮，单车载重量190吨，每台车平均价格在2000万元以上，更换一个轮胎就是100万元。路途的远近、路况的好坏都直接关联着电动轮的车况和油耗。

按同类企业电动轮消耗的平均水平计算，这些电动轮每年节省消耗在1500万元以上。

 10. 不打不成交

刘师傅破口大骂起来，满嘴脏话，不堪入耳……

郭明义从没受过这般奇耻大辱，拼命扑上去，两个人拼命扭打在一起……

人缘好，脾气暴。这是工友们对郭明义的评价。

采场上，爆破面扩展到哪里，公路就要跟进到哪里。电铲更要马上到位，为电动轮装载矿石。环环相扣，刻不容缓。而推土机则要及时为电铲整理场地，确保电铲有一个宽松的作业平台。

1999年冬天的一个上午，郭明义在巡查各电铲铲位跟进情况时，对5号铲位的平整度不满意，要求当班的刘师傅重新施工。

天太冷，冰天雪地，路面冻得硬邦邦的。刘师傅十分不情愿，但碍于郭明义站在冷风中，就没有发作。

干了一个多小时，郭明义仍是不让收工。刘师傅说什么也不干了："天太冷了，等暖和暖和再干吧。"

"不行！5号铲是高效铲，不能耽误了生产！"

刘师傅立时恼了："又不是给你家干活，我过完年就退休了，干了一辈子推土机还不如你吗？这样的铲位完全能够维持生产，你总较什么真儿？老子今天就是不干了，你爱咋地咋地。"

郭明义急得满脸通红，也提高了嗓门："你明天退休，今天也得干好最后一班。你在驾驶室里，我在雪地里，我能坚持，你也得坚持。如果干不完，我就把考核情况反映给你们的车间领导，扣你工资！"

刘师傅破口大骂起来，满嘴脏话，不堪入耳。不仅骂，还动手打起来。

在工友们的劝解下，两个人分开了。

郭明义很快调整了一下情绪，首先道歉："你比我年长，是我老哥，我应该尊敬你。刚才是我说话直，太冲动，请原谅啊。"

刘师傅没有吭声。

郭明义又说："你如果还是不解气，骂我、打我都行。但工作还得按标准继续执行啊，咱们可不能耽误了生产。"

刘师傅沉默了一会儿，慢慢回到自己的驾驶室里，继续干起来……

还有一个不打不成交的故事。

1997年3月的一天上午，郭明义认为采场公路平整度不够，指派石料车司机高森山拉两车粉料铺垫。但高森山认为没有必要，不干。两个人一个在车上，一个在车下，争吵起来。

双方争执不下，郭明义给高森山的车间主任打电话。高森山更加气恼，准备下车走开。郭明义不让，登上踏板，堵住车门。高森山急得满头冒火，冲着郭明义就是一脚，把他从车上踹落在地，倒翻了一个跟斗。

郭明义从来没有受过这般奇耻大辱，心底的火药筒一刹那彻底引爆了，顿时失去了理智，爬起来，一下子扑上去，两个人拼命扭打在一起。高森山也顺势猛揞郭明义的后背，两人都是血性的东北汉子，一时纠缠得不可开交……

后来，车间严厉处罚高森山，并通报全矿山。

从此，两个人断绝交往，形同路人。

一个多月后，发生了一件事儿，让高森山触动了。

采场内一条公路需要加宽，时间非常紧急。由于每天下午1点电动轮开始作业，为了赶工期，修路时间必须要加班到12点半之后，中午用餐时间自然要推迟。这样，习惯了准时下班的20多名修路工人不免有意见，吵吵嚷嚷地发牢骚，磨洋工。

郭明义想方设法调动大家的情绪，他承诺，只要大家加班加点，保证工期和质量，每天下班后都请大家到饭店里吃饭喝酒。大家都是一线的基层工人，豪爽又直率，没有更高的要求。

这一招儿真管用，20多人的热情被激活了。连续一个星期，郭明义每天履行诺言。大家以为，他是矿上技术室的干部，请客吃饭肯定能报销。

终于提前两天完工。

　　过了很久，大家才知道，这些吃饭钱全是他自费的，矿上根本没有这一部分开支。

　　他说，大家天天加班，流了这么多汗水，我请大家吃几顿饭，喝几盅酒，也是应该的。后来，这些钱最终也没有报销。

　　"老郭，以前全是我错了，我不是人！"一天下午，高森山主动找到郭明义，说，"我知道你是好人，以后我都听你的！"

　　从此，两人就成了好朋友。

　　都是直肠子、急性子、牛脾气，偶尔还是会有争吵。但即使再着急上火，两人也不打架了，只是互相瞪瞪眼，咬咬牙，在耳朵边大喊大叫几声，再忍不住，就像两头发怒的公牛一样头碰头，拼命地顶撞安全帽，撞得啪啪直响。

　　火气散去后，高森山就会往郭明义的塑料杯里注满水，冲着他喊："我饿死了！"

　　郭明义说："那你吃我吧。"说着，把拳头伸向他的嘴巴。

　　他就象征性地咬几口，哇哇叫几嗓子。而后，两个人就嘻嘻哈哈地去食堂吃饭去了……

　　我与矿业公司宣传部的吴干事找到高森山时，已是接近午餐时间了。听说是采访郭明义，他爽快地答应了："好，中午饭我请客！"

　　宣传干事忙说："我请吧。"

　　"扯淡！"他的眼睛瞪得大大的，"你请客，我就不谈了。"

　　火辣辣的情感！

　　果然，中午，他执意请我们去一家高档的烧烤店吃韩国风味，并给我讲了以上这个从未外传过的不打不成交的故事。吃饭间，高森山一直不离嘴的一句话"老郭好人啊"，这个朴实的东北汉子，眼里含着热泪。

11. 矿工诗人

郭明义不饮酒，不吸烟，连茶也不喝，更不打麻将，唯一的娱乐就是唱歌。

他说，矿石是有生命的，你听那各种机械与矿石撞击的声音——咣当当、轰隆隆、噼啪啪，那不就是石头们的心跳和呼喊吗？

郭明义对我说："矿石是有灵性的。"

说着，他从乱石堆中找出一块矿石，又拿来一块顽石，冲着太阳，进行对比。果然，顽石黑沉沉的，而矿石在阳光下粼光闪闪，笑意盈盈……

铁矿石按其含铁量的高低分为富矿和贫矿，含铁量高于50%的是富矿，而低于这个数字的就是贫矿了。单就铁矿而言，造物主实在是有所偏心，澳大利亚、南非等国家以富矿为主，品位都在67%左右，直接采挖即可冶炼。而中国的大型矿山几乎全是贫矿，采挖后的剥岩、选矿工作量非常大。齐大山铁矿呢，品位只有29.69%，但这已是中国最好的露天铁矿了。

郭明义给我津津有味地介绍着，齐大山铁矿为沉积变质型铁矿

身着工作装的郭明义依然难掩骨子里的诗人气质。

床，矿石主要工业类型为假象赤矿石，其次是磁铁矿石和半氧化矿石，矿石的自然类型是石英型铁矿石和闪石型铁矿石。

说着，他拿来几块不同种类的矿石，轻轻地抚摸着，细细地给我讲述。磁铁矿主要成分是Fe_3O_4，铁黑色，有时晶体带浅蓝色，不透明，在粗瓷器上刻画，条痕是黑色的，具有强磁性，能吸住小铁钉和碎铁屑，是良好的导电体；赤铁矿主要成分是Fe_2O_3，颜色暗红，接近黑色，表面呈鱼子状或肾状……

看得出来，对铁矿的一切，他充满感情，如数家珍。

中午累了，郭明义就坐在采场路旁粼光闪闪的矿石上，喝水，吃干粮，吃得津津有味。抬头远望，齐大山的天际线与更远处的千山山脉手牵着手、云连着云，融为一体。这时候，他的耳畔，仿佛飘来了一阵阵柔曼的歌声。

那是沸腾的群山在吟唱！

郭明义说，矿石是有生命的，你听那各种机械与矿石撞击的声音——咣当当、轰隆隆、噼啪啪，那不就是石头们的心跳和呼喊吗？

你看那矿山的身躯——主干道是主动脉，电铲支线是支动脉，更窄更小的铲窝就是遍布全矿的毛细血管了。沿着这些蜿蜒蜒蜒的毛细血管，矿石们呐喊着、络绎不绝地跑向了火红的高炉——而那就是钢城的心脏。

而当这些从这里走出的石头们变成遍布世界的飞机、轮船、汽车和高楼时，它们的身上依然存留着矿山的气息——厚重、深沉和温暖。

这时候的郭明义，是一个地地道道的诗人了。

郭明义和工友在雪天抢修关键路段。

郭明义从来不饮酒，不抽烟，连茶也不喝，更不打麻将。他唯一的娱乐就是唱歌。唱民歌，唱红歌，唱通俗歌，也唱邓丽君的歌……

休息的间隙，虽然大家都必须守护在各自的岗位上，但碧蓝的天空就是大家共同的欢乐剧场。

"唱个歌儿吧，老郭。"不知谁在报话机里喊了一句。

老郭说好，马上开唱：

咱们工人有力量，
嘿！每天每日工作忙，
盖成了高楼大厦，
修起了铁路煤矿……

嘶哑的歌声随着报话机传到工地上的每一辆"变形金刚"的耳朵里，大伙就开始嘻嘻哈哈地大笑。

"老郭，再来一个。"

只要人人都献出一点爱，
世界将变成美好的人间……

一支，两支，老郭认真地唱着，每拖一次长腔，都有一阵喝彩。老郭不管是真喝彩还是喝倒彩，一直在尽情地唱着。

妹妹你大胆地往前走，
往前走……

不知道是谁吼一嗓子，中间插进来，猛然激起了东北汉子们别样的亢奋。

妹妹你坐船头，
哥哥在岸上走，
我俩的情，
我俩的爱，
在纤绳上荡悠悠……

一个接一个，东一句西一句，荤一句素一句，原本是老郭的独唱，已变成了南腔北调的大联唱，狂野的、婉约的、通俗的，间或还有一两句美声唱法……

采场的上空，到处飘荡着五颜六色的歌声，时而像一道道缓缓游移的雾岚，时而又像一群群扑棱棱惊飞的鸽子……

原本静寂的山谷，顿时成了欢腾的海洋。

其实，老郭最喜欢最享受的还是柔美的抒情歌曲。

常常地，独自走在空旷的山路上，明丽的阳光下，他开唱了：

在哪里，
在哪里见过你，
…………
在梦里，
在梦里……

眯着眼，唱得雪花纷纷，唱得杏花满头，唱得满脸陶醉。

那是他的工作，也是他的幸福。

郭明义担任采场公路管理员，一干就是十几年。他制定的《公路、支线、铲窝维护技术标准与考核办法》《采场星级公路达标标准与工作流程》等10多项技术标准和工作制度，填补了我国矿山采场公路建设和管理的空白，大大降低了备品、备件和物料的消耗，大大提升了大型生产汽车和电铲的作业率，使齐大山铁矿的大型汽车效率和电铲效率多年来名列全国同行业第一名。

 12. 亚洲第一移

一个重达823吨，高约24米，而且不能拆分的整体设备，要在盘旋的山路上行走3公里，下移50米，不能有任何倾翻，这是一个怎样的难度！

郭明义的心理压力太大了……

我采访时，采场正在筹备着一个前所未有的大工程：破碎站下移50米。

采场的生产流程是：矿石被爆破后，首先由电动轮汽车运至

郭明义走在清晨的采场公路上。

位于采场内的矿石破碎站，经过3次破碎，再通过长达数公里的露天皮带机，以每秒4米的速度运送到采场之外的各个选矿厂，进入球磨机，分别经过重力、磁力、浮力选矿，最终形成铁精粉300万吨。

道理很简单，电动轮巨型汽车与破碎站之间的运距越短越好。

所以，破碎站每几年都要下移一次，靠近采矿面。

这个破碎站是20世纪90年代初矿山大扩建时耗资5亿元从德国引进的，单体设备重达823吨，高约24米，已经现场铸造成一个不能拆分的整体，也是全亚洲规模最大、性能最好的石料破碎设备。

如此庞大、沉重的单体设备，要整体下移，难度太大了，中国冶金界命名为"亚洲第一移"。

这一次下移的垂直距离是50米。

虽然只有50米，但需要迂回行进3公里。也就是说，需要为这套设备的迁移修整一条长约3公里的公路。

这3公里的下移工程，就是郭明义目前最大的难题。

下移时必须依靠一种国外进口的特制专用设备——履带式运输车，俗称"王八铁"。用由100多块"王八铁"组成的龟板车，背负823吨重的破碎站，像一个硕大的蜗牛一样，缓缓地下移。这对公路的坡度、平缓度，特别是转弯处的抗压度，都有极高的要求，稍微偏斜，就会倾翻。

在齐大山铁矿的历史上，像这样的下移已经有过5次了，最近3次郭明义都曾经参与，并负责公路的设计和建设。但这一次，难度更大，以前最多下移路程800米，而这一次是3000米。

必须测量出最近的路途，必须对路基之下50米处的地质情况进行探测，必须请地勘部门对石质结构进行分析，能不能承受如此之重？会不会变形？如果发生倾翻，不仅价值5亿元的设备倒毁，而且将造成整个鞍钢的停产，那将是一个轰动世界的大新闻。

不仅要用设备，更要用手、用脚、用心去测量。

郭明义的压力太大了！

我的采访，正是在此期间。

直到这时，我才彻底理解了他。

作为亚洲最大的露天铁矿和鞍钢下属最大的铁矿，齐大山铁矿采场每天产值700多万元，年产矿石、岩石5000多万吨。借此为主体依托，鞍钢已经具备年产3000多万吨钢铁的能力，正在向着世界最大的钢铁航母迈进……

置身这个豪壮的集体，郭明义早就是一个狂热的矿山恋。他曾经创作过一篇散文《放歌矿山》：

…………

矿山，我歌唱你，倾听着你的诉说。我赞美你，沐浴着你的恩泽。你一次次地拉近我，靠近我，我才发光发热。我是你的儿子，我吮吸着你的乳汁长大。你给我力量啊，给我勇气。面对着沸腾的矿山，我为你激动，为你兴奋……

矿山，我说你，看你，恋你，用诗读你，用歌唱你，用鲜花打扮你。在你粗犷的脊梁上，留下我圣洁的吻！

每天凌晨，刚刚走出家门，远远地就看到了矿山宽厚的身影，星星点点的灯火，隐隐约约的轰鸣，似乎在向自己眨眼，在向自己招手，在向自己呼喊，郭明义的血液就马上温热起来。

天天如此，有15年了吧。

这时候，老郭的心底便会泛起一缕自豪而又沧桑的感慨。于是，他抿紧嘴唇，抬起头来，大踏步行进，步履间带着军人的速度和坚毅……

笔者感言：采访之前，我一直以为，郭明义在社会上是一个实实在在的好人，在单位里也肯定是一个实实在在的好干部，但他在工作岗位上的作用可能是可有可无的。

但是，当我走近他的工作岗位时，却惊奇了。

他的岗位是公路管理员，而且是唯一的管理员。这是全部矿石运输的最关键部位。一年四季，夏顶艳阳雷雨，冬顶霜雪狂风，郭明义用脚用心检测着每一寸路况，组织一次又一次修路。他的岗位是那么的重要，如此地不可或缺！

他在工作岗位是一名出色的管理者，在人生岗位是一名出色的公民！

4

第四章

血，总是热的

我常常问自己

我究竟能给你什么

我的朋友

虽然我不知道这个答案

但我确实能给你

那属于我的生命

我的爱

来吧

亲爱的朋友

让我给你一个太阳吧

让那太阳的光辉

驱散寒夜

温暖着你

给你绿色

给你蓝天

——摘自郭明义诗歌《我能给你什么，我的朋友》

新华网北京12月11日电(记者吕诺)　卫生部部长陈竺今日带头献血。他呼吁说："我国血液和血液制品供应面临严峻挑战，身体条件好的人应当积极参与献血。"

　　据统计，全国医疗市场对血液制品生产用原料血浆的年基本需求量为8000吨。2010年，全国年采浆量为4180吨，只相当于需求量的50%。

　　同一天，新华社公布一个资料：我国人口献血率只有8.7‰，远低于世界高收入国家的45.4‰（丹麦最高为67‰）和中等收入国家的10.1‰，也低于香港的30‰和澳门的23‰，离世界卫生组织推荐的10‰也有一定的差距。

　　献血，不仅是临床急需，而且标志着一个国家的文明水准！

——摘自新华网2011年12月11日

13. 血冷血热

当一个人对这个国家、这个社会充满热爱的时候，他最直接的表现，就是情愿奉献。

第一个层面是奉献金钱和财产；第二个层面，也是最高层面，就是奉献鲜血和生命。

无偿献血分为两种：

第一种是捐献全血，也就是我们常说的献血。1998年国家颁布实施了《献血法》，确立了无偿献血制度。其中第二条规定，国家提倡18周岁到55周岁的健康公民自愿献血。每个人每年最多只能捐献两次，每次最多献血400毫升。

第二种就是捐献血小板。全身的血液在血细胞分离机中循环，提取一个或两个单位的血小板后，再将血液输回体内。捐献一个单位的血小板，相当于无偿献血800毫升，两个单位就是1600毫升。由于捐献血小板对捐献者身体条件要求高，而且捐献一次至少两个小时躺在床上一动不动，所以，捐献志愿者很少，而临床又必须使用血小板来救治危重病人。

郭明义献血，缘于一个偶然。

1990年春天，齐大山铁矿号召职工无偿献血，一向积极的他第一个就报名了。在鞍山市中心血站，他看到医生把牙签粗的针头扎进同事的血管里，鲜血汩汩地向外涌流时，浑身下意识地颤抖起来，心脏怦怦地狂跳。他咬咬牙，伸出了胳膊，可是肌肉已经不自觉地僵硬了。

医生把针扎进动脉，一股殷红的浓稠的血浆立刻喷涌出来，却又迅疾地缩回导管。老郭觉得胳膊麻辣辣的，脑袋麻辣辣的，血液仿佛也麻辣辣的。

果然，血液停滞在导管里，冒着泡泡。

医生看他一眼，遗憾地说，你有晕血症，不适合献血。

同事们笑他说，30岁的人了，抽点血，就吓成这样，真是没出息。

郭明义满脸通红，愧疚不已。

但是，他心里纳闷啊。10年前在部队时，一名战友负伤，送到209医院抢救，生命垂危，急需输血。他匆匆赶过去，慌慌忙忙地献了一次血，当时并没有异常感觉啊，怎么现在竟然不适合献血了呢？看来还是心里太紧张。

坐在旁边休息了一阵儿，他越想越不是滋味，自己怎么能甘当懦夫呢？

晕血是一道心理障碍，必须跨过去！

半个小时后，郭明义不顾别人的劝阻，再度挽起袖子，伸出胳膊，闭紧了眼睛，再三恳请医生抽血。

殷红的鲜血滑润地流了出去。

虽然医生只抽取了200毫升，可流出去的鲜血，却排解了他满腹的郁闷，他感觉心里亮堂堂的，如同湛蓝的天空，如同澄明的

郭明义献血后露出幸福的笑脸。

泉水。

....

从此，郭明义坚持每年献血，最初，他一年一次，后来由每年一次增加到最高限额的两次。郭明义这样做，刚开始也不被大家理解，甚至有人说他是精神不正常，是献血上瘾。但他从不回应，而是默默地坚持，用真诚践行他那份忘我奉献的坦荡和纯洁。到目前，已积攒了56张献血证。

一个体重75公斤的成年人，全身大约有6200毫升血液。

20多年来，郭明义无偿献血、捐献血小板折合的总量累计达6万多毫升，相当于自身总血量的10倍。

如果将这些血液装进大号的矿泉水桶，就是满满的6大桶。按抢救一个危重病人需要800毫升鲜血计算，这些血液至少可以挽救75名危重病人的生命。

这些曾经滋润着郭明义生命的鲜血，正在滋润着众多的生命、众多的心灵……

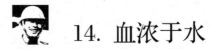

14. 血浓于水

2009年春节前一天，医院紧急接诊一名临产孕妇，患有严重的溶血症，如果不马上输入O型血小板，就会葬送两条生命。而此时，血站O型血小板恰恰告罄。

万分紧急的情况下，大家不约而同地想到了郭明义……

血液有3种成分：红细胞、白细胞和血小板。血小板是一种独有的凝血剂，是白血病、再生障碍性贫血等多种血液病人的临床必需。

血小板生长周期为28天，即28天可补充完全，进行再次捐献。

过去捐献血小板需要3个小时，现在技术提高了，只需一个半小时。针似牙签，把血液抽到血液分离器中进行分离，提取出来的血小板颜色类似鸡蛋黄，装在小袋里，又像一张金色的馅饼。

捐献血小板和捐献全血有很大的不同。捐献全血，坐在那里，伸出一只胳膊，只需几分钟就结束了。而捐献血小板，需要躺在采血机上，两个胳膊同时插上针管，血液从左臂抽出来，经过血液分离机多次循环，提取血小板后，再输回右臂，回归体内，每次需要漫长的一个半小时，手臂有轻微的疼痛。而且，捐献之前的几天内不能饮酒，不能吃油腻。

2005年，鞍山市中心血站引进血小板提取设备后，郭明义便主动要求捐献血小板。

道理很简单：血小板捐献者较少，而且捐献次数可以多些。

血小板一般每次捐献一个单位，即800毫升。可郭明义每次主动要求捐献1600毫升，可以提取两个单位的血小板。他说，好不容易来一次，多献一些吧，免得病人急用。

6年来，除中间因献过全血而必须等待半年外，他每个月都捐献一次血小板，从未间断……

2009年春节前一天的中午，郭明义正准备到食堂吃午饭，突然接到鞍山市中心血站的电话，问他能否提前捐献血小板。

郭明义明白，血小板保存期特别短，一般都是按照每月预约的捐献时间进行采血提取，没有危重病人，血站是不会打来这个电话的，尤其是第二天就要过年了。

正像他猜测的一样，原来鞍山市第一医院紧急接诊了一名临产孕妇，患有严重的溶血症，如果不马上输入血小板，就会因失血过多而葬送两条生命。

求助电话打到鞍山市中心血站，而这时，血站恰恰O型血的血小板告罄。

马上就过年了，而且时间紧急，找谁去呢？大家不约而同地想到了郭明义，因为他就是O型血。

2009年9月，郭明义被推选为鞍山市无偿献血形象代言人。

从来电急切的语气中，郭明义已经感到了时间刻不容缓，尽管食堂就在眼前，他还是放下饭盒，急匆匆地乘出租车赶到血站。

从早上5点到下午2点，郭明义没有进食。往常，在这种情况下是绝不适宜献血的，可现在，为了挽救这对陌生母子的生命，他向血站的医生隐瞒了这个情况，只是伸出两只胳膊，催促工作人员快快开始采血。

工作人员建议他捐献一个单位的血小板。他坚决不肯："还有孩子呢，两条人命，宁可浪费点，也要保证母子平安！"

采集过程耗时1个小时零40分钟，躺在采血床上的郭明义饥困交加，头昏脑涨，他咬紧牙，默默地忍受着、忍受着……

捐献结束后，大家或忙着照顾病人，或忙着回家过年，都忽视了虚弱的他的痛苦表情。他扶着楼梯扶手，一步一步地挪下楼，实在走不动了，就躺在走廊一侧的椅子上，昏睡了过去。

　　妻子和女儿在家里等他回来过年，久久不见人影，屡屡打手机，也无人接听，后来经过辗转打听，才找到这里。看着独自昏睡在走廊椅子上的他，娘儿俩痛哭失声，把他搀回家去。

　　直到第二天，母子平安脱离危险后，患者的丈夫才哭着打来电话："你是我们全家的救命恩人，没有你就没有他们母子俩，我一定要当面感谢，给您叩头拜年！"

　　郭明义拒绝了。

　　别人劝他，你应该见见面啊，起码能知道你救的是什么人，对你自己不也是一个心理安慰吗。

　　郭明义说，我不要别人的感谢，更不要别人的礼物。对我来说，只要知道他们母子平安就放心了。

　　半个月后，母子出院时，全家人再一次坚持要来看望他，感谢他。

　　他再一次拒绝了。

 # 15. 热血沸腾

　　其实，我们每一个人距离崇高并不远，只要你相信它存在，只要你不懈地追求，只要你从一点一滴做起，你就会一点点地接近崇高，变成一个高尚的人。

在过去的很长一段时间里，中国实行有偿献血。

有偿献血导致了许多社会问题。所以，从1998年开始，国家颁布了《献血法》，正式全面确立了无偿献血制度。

实行无偿献血之后，社会问题减少了，但义务献血的人数也随之减少，北京、上海、深圳等一线城市常常出现血荒。

据《劳动报》消息，上海市卫生部门2011年8月26日发布市民献血现状调查报告：献血人数只占全市总人口的1.17%，远低于发达国家水平。而另一个值得关注的数据是，本市街头献血人群中，农民工占到70%以上，白领和高学历者只占到极小比例，特别是公务员，所占比例更少。

血液，就像我们身体里的河流，热辣辣地传递着我们生生不息的生命律动。

自从开始献血，郭明义就全身心地投入。他没有别的想法，只是感觉自己应该为这个社会做些什么。自己是一介平民，一个工人，没有别的什么能力，但有的是鲜血。

郭明义说："其实，献血很简单。下了班，洗完澡，换上干净的服装，回家之前顺路拐到血站。"

静静地躺在采血床上，肌肉轻微地麻辣一下，扎针了，导管里的血液慢慢绕过前胸，把白色的管道染红，汩汩流淌到那个血袋里……

20多年了，他已经熟悉了这一切。

不仅自己献血，更主要的是唤起社会捐献。

2000年1月，为了让更多的人了解无偿献血知识，参与到无偿献血的队伍中来，郭明义用自己个性化的语言编写了一份倡议书。

他充分发挥自己曾经是宣传干部和业余作家的优势，既准确入理，又煽情动人。

一朵朵紫红的小喇叭缀满了路旁的梧桐树，馨香袅袅，飘满小镇。

这条樱桃园路是齐大山镇最主要的街道。2000年5月1日，郭明义拿着厚厚一摞倡议书，站在路口，局促地呆立一会儿，开始迎着行人散发起来。

有人过来了，郭明义赶紧走上去，没想到这个干部模样的人根本不理他，直挺挺地走了过去。

郭明义鼓起勇气，又迎向下一拨走来的人流。

人们有的接过宣传单看一看，放进包里或衣服口袋，有的随手

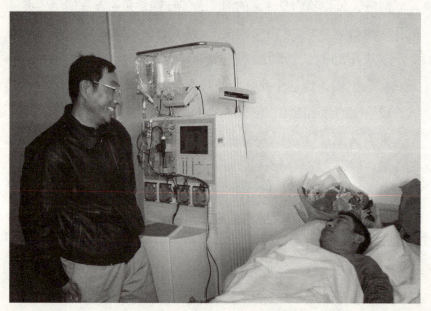

2008年12月，在郭明义的带动下，齐大山矿职工许平鑫成为全国第1066个成功捐献造血干细胞志愿者。图为郭明义到沈阳盛京医院看望正在捐献造血干细胞的许平鑫。

就扔到路边。还有一个人一把推开郭明义的手臂，打掉宣传单，夺路而走。郭明义尴尬地愣了一愣，想喊几嗓子又隐忍了，急忙跑过去，捡起那张还没有被践踏的纸，轻轻吹掉上面的尘土，重新放回到那一摞宣传单中。

"献血不仅无害，反而能促进血液循环。"他一捋袖子，干脆来一个现身说法，"看，我年年献血，身体棒得很。哪个跟我来掰掰手腕？"

"我来！"一个小伙子站出来。

第一局，郭明义赢了；第二局，小伙子脸红红地扳回一局。第三局，郭明义又扳回来。

围观的人越来越多，大家高高兴兴，连空气都仿佛跳跃起来……

上班时，乘车时，吃饭时，开会时，他走到哪里，宣传到哪里。

领导，工友，贫困学生家长，经常打交道的邮政局职工，沿街商铺的店主和店员，还有齐大山铁矿周围社区的居民们，都收到了他的倡议书……

每次体检时，他身体的各项指标均合格。别人说，郭明义坚持献血这么多年，身体还这么棒。我们一次也没有献过血，身体却还有这样那样的毛病，看来献血真不是什么坏事啊！

一把火终于被点燃了。

从2003年开始，郭明义成立了"鞍山市无偿献血志愿者应急服务大队"。

刚开始，只有三五个人，八九个人。后来，发展到三五十个，八九十人，200多人……

16. 流动的血库

600多人浩浩荡荡地奔向市中心血站。鞍山血荒，瞬间告破！

郭明义献血志愿者已超过4000人，这是全国最大的一支人数固定的献血队伍，这是全国最大的一个流动血库……

2007年2月，鞍山市临床用血告罄！

血源不够，就意味着有些患者的手术要推迟，紧急抢救的患者会因血源不足而丧失生命。

郭明义决定发动一次大规模的无偿献血活动。

回到家，他把原来的献血倡议书又修改了一遍，加入了中心血站临床用血告急，患者的生命等待救援之类的内容，还用换位思考的方式启发大家，假如亟待输血的病人就是我们的亲人，我们该怎么办？之后，他再次自费印制1000份，马不停蹄地穿梭于矿业公司机关和各车间的办公室和食堂，面对面地宣读。

郭明义嗓音沙哑，浓浓的鞍山味儿，但他念得真诚、投入、声泪俱下。念完了，抹抹脸上的泪，又开始唱歌了，还是那一首著名的《爱的奉献》："只要人人都献出一点爱，世界将变成美好的人间……"

2008年12月23日, 郭明义发起成立了矿业公司红十字志愿者急救队。

唱着唱着, 他的泪再次落下来。

大家喊, 老郭, 你快别唱了, 我们都跟你去献血!

3月2日, 是一个星期天。在郭明义的召集下, 齐大山铁矿和矿业设备公司等单位的100多名干部职工、30多名社区居民, 齐聚中心血站。

一只只粗粗细细、黑黑白白的胳膊, 伸向了采血车。

鞍山血荒, 瞬间告破!

2010年2月1日, 鞍山中心血站再次告急。

第二天, 郭明义就向矿业公司的广大职工和社会志愿者发出了献血倡议。

2月9日, 大队人马再次奔向鞍山市中心血站。

那一天, 正是腊月二十六, 天降大雪, 寒风袭人。一辆白色的采血车, 通红的十字闪耀着亮光, 近百人的队伍排在车前, 陆续还有从四面八方汇聚而来的人流。郭明义的工友来了，他常去汇款的邮局的职工来了，常去的复印打字社的员工也来了，甚至还有社区那些泡棋牌室的"麻婆"和基督教徒，100人，200人，500人，600人……

　　鞍山市红十字协会的工作人员惊呆了，他们从来没有见到过这么庞大的献血队伍。没办法，只好临时再调用3台采血车。

　　这时候，郭明义来了。队伍一阵骚动。

　　"老郭，你好！"大家纷纷向他打着招呼。

　　"大家好，排好队，一个一个来。"郭明义笑呵呵地挤过人群，跟大家频频拱手。大家也纷纷给他让开一条路。他挤上采血车，急切地与工作人员商量方案。

　　由于血站库存根本容纳不下600多人同时献血，这些队员中，只有138名志愿者完成了捐献。

　　2008年3月4日，"希望工程——郭明义爱心联队"正式成立，郭明义接过爱心联队的旗帜激动无比。

　　这一次，共采集血液32000毫升，不仅保证了鞍山市春节假期的用血安全，还为临近城市储备了充足的血源。

　　目前，郭明义献血志愿者已超过4000人，这是全国最大的一支人数固定的献血队伍，这是全国最大的一个流动血库。国家随时需要，随时取用。

　　每年的6月14日，是世界献血者日，上海、南京、昆明、深圳等大城市的血站门口冷冷清清，不时出现血荒，而鞍山市中心血站的门前总是热热闹闹、热血沸腾。

　　鞍山无血荒，因为郭明义！

　　笔者感言： 澳大利亚人哈里森，15岁那年曾经命悬一线，经过别人及时输血才保住了性命。滴水之恩，涌泉相报，从此，他立志用无偿献血来挽救其他人的生命。从18岁开始，48年来他共献血804次，献血量共48万毫升，被列入吉尼斯世界纪录，澳大利亚红十字会誉其为"澳洲英雄"。

　　在中国，我们不知道郭明义是不是献血最多的人，也不知道献血最多的人是哪一位，但这显然没有多少特别意义。

　　诚然，哈里森是十分可敬的，但他只是一个单纯的报恩者。而郭明义，却是一个善良的奉献者，一个虔诚的建设者，他用一个平凡人的执著和坚持，努力建设着一种和谐，一种秩序，一种美德……

5

第五章

帮帮孩子

爱，深藏在您、我、他的身上
让爱
从您、从他、从我的身上
自然地流淌
这爱
像山泉
像小溪
像奔涌的长江、黄河之水
以博大的胸怀
以汹涌的气魄
流向他所爱恋的土地
去滋润每一个人的心灵

——摘自郭明义诗歌《让爱流淌》

17. 点燃希望的灯

　　女孩的字歪歪扭扭，但纸上的泪痕粒粒可见。她说："我可以喊您一声爸爸吗？"

　　从此，这个名叫王诗越的穷孩子，便成了郭明义最早的挂念。

　　从郭明义第一次投身"希望工程"，距今将近20年了。

　　那是1994年的冬天，他和工友们一块到台安县参加企业与地方的互助活动。吃饭的时候，他无意中走进了一户农家。这户农家只有两间破旧的土坯房，女主人病卧在炕上，动弹不得，一个10来岁的小女孩踩在小板凳上，正在为妈妈做饭。

　　看到这个情景，郭明义不由得眼辣鼻酸。

　　这是一个单亲家庭，父母离异后，小女孩跟着母亲生活。后来，母亲不幸患上了糖尿病，身体越来越差，地里的农活不能干了，日子一天不如一天，连孩子的学费也交不起了。除了用药，每天请医生输液打针需要4元钱。为了省下这笔费用，母亲就让女儿放学后给她扎针。可毕竟是一个10来岁的孩子啊，加上紧张害怕，每每扎不到血管，娘儿俩常常抱头痛哭……

　　郭明义的泪花奔涌而出，他想起自己刚刚上学的女儿，掏出身

从1994年开始，郭明义连续17年捐资助学累计已达16万多元，让200多名贫困家庭的孩子完成学业。

上仅有的200元钱，塞给这个和女儿差不多同岁的女孩，临别时又记下了孩子的联系方式。

从此，这个名叫王诗越的女孩便成了他的挂念。

这个时候，社会上正在大力宣传"希望工程"，那个大眼睛的小姑娘时时出现在电视上。他一下子就明白了这项工程的意义。

回到鞍山的第二天，他又给女孩寄去了200元，鼓励她安心学习，好好学习，用知识改变命运，并写信承诺从今往后每年捐助1000元，供她读完小学、中学和大学。

郭明义的工资只有三四百元，父亲正在重病中，女儿刚刚上学，正是最困难的时候。但他感觉自己应该承担起这一份责任。

没多久，王诗越回信了，字虽然写得歪歪扭扭，但纸上的泪痕却粒粒可见。孩子说，郭伯伯，有了您的钱，妈妈可以请医生打针了，我也可以放心地上学了，您是我的大恩人，我可以喊您一声爸爸吗?

郭明义心头一震。

帮助的是别人,感动的却是自己。王诗越给他的温暖,成为郭明义投身"希望工程"最初的原动力。

他想,社会上像王诗越这样濒临失学的贫困孩子还有很多,虽然自己的力量实在微薄,但也要尽心尽力啊!

郭明义第一次捐款,还是在当兵时的1979年3月。云南普洱地区发生6.8级强烈地震,许多人伤亡。他每天都收听广播,心里绞痛。前几年,鞍山市下辖的海城县发生大地震,那种恐怖的惨状,他曾经见识过。

几天后,他捐了100元,这是他当兵两年的全部积蓄。当时,他每月的津贴只有6元钱……

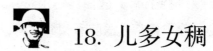

18. 儿多女稠

"兄弟不在了,你的收入很低。以后,孩子上学的书本杂费,我全包了!"从此,他又多了一个叫武雪莲的孩子。

每每看着5个孩子生龙活虎的样子,郭明义都乐得合不拢嘴。

1995年，工友马德全家的三胞胎顺利降生了。

大人们却是又喜又愁，3个孩子，3天就要吃掉两袋奶粉，一个月仅奶粉钱就要300多元，而两口子的工资加在一起才600元，这日子怎么过？

孩子3个月的时候，郭明义找上门来，不但送上了一份奶粉钱，还承诺，从孩子上小学开始，一直到大学毕业，每个孩子每个学期资助200元。

孩子长大了，马德全师傅家的境况也已经大为改善。他几次郑重提出，郭师傅，你捐助那么多人，生活也不宽裕，就不要再资助我们了。

郭明义说，我说话算数，一诺千金，孩子大学不毕业，我的承诺不会变！

齐大山铁矿协力中心有一个叫武昌斗的青年工人，患上了肝硬化，长期在家养病。后来，他的病情进一步恶化，需要注射大量白蛋白维持生命。这种药特别贵重，还不好购买。郭明义格外上心，除了经常去医院看望武师傅，还通过妻子，跑遍鞍山市的几家药店，到处去求购白蛋白。

毕竟，医生和郭明义都没有回天之力，病魔还是夺去了武昌斗年仅39岁的生命，丢下了一对孤儿寡母，和一个被外债压扁的家。

帮忙料理完丧事后，郭明义安慰武师傅的妻子："兄弟不在了，你的收入又很低，一个人拉扯孩子不容易，以后，孩子上学的书本杂费，我全包了。"

从此，郭明义又多了一个叫武雪莲的孩子。

　　2002年6月，山东省嘉祥县老僧堂乡西李楼村的李秀立、轩荣华夫妇自然受孕，生下五胞胎。这件事曾轰动一时，当时也有人慷慨相助，可新鲜劲儿过去后，就没有人关注了。

　　郭明义从报纸上了解到，夫妇两人连奶粉也买不起了，打算把五胞胎分开，送给别人抚养。

　　郭明义的心受不了了。是啊，一对夫妻抚养一个孩子，正好符

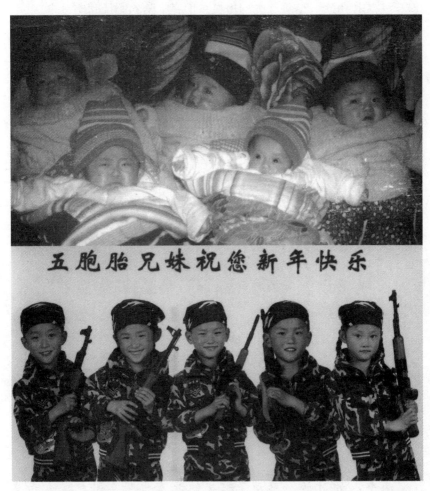

　　郭明义从2002年开始资助山东嘉祥县五胞胎家庭。9年过去了，五胞胎在社会各界的资助下健康快乐地成长。

合工薪阶层的经济现状，5个孩子，确实与他们现有的经济能力差距太大。可孩子都是父母的心头肉，怎么能让他们骨肉分离呢？自己虽然力量微薄，不能从根本上解决问题，但如果有几个人共同伸出援手，这个家庭就能渡过难关。

第一次，他寄去了300元。

从那之后，郭明义每隔几个月都要给五胞胎寄钱。8年过去了，累计已寄出19次。李秀立夫妇也总是把五胞胎的照片回寄过来。

每每看着5个孩子生龙活虎的样子，郭明义都乐得合不拢嘴。

张猛是重庆市山区农村的一个土家族小男孩，父亲2009年到山西一家煤矿打工，出事故，高位截瘫，卧床不起，对方所欠9万元抚恤金也迟迟不给。妈妈禁不住打击，离家出走，爷爷、奶奶在半年之内也相继去世了。小男孩才刚刚6岁，该上学了，怎么办？

郭明义看到这个信息后，便常常与同事高微（女，1981生）念叨此事。后来两人约定：每人每月给张猛寄100元钱。

 19. 爱心五连环

　　两个人的对话，感动了前排的北京出租车司机，表示要捐款。

由于救治及时，小悦萌的病情得以彻底控制，不仅不用截肢了，而且正在走向康复……

2011年2月2日是虎年的最后一天，这天下午，郭明义利用在北京参加中央电视台春节联欢晚会彩排的空闲时间，去北京积水潭医院看望一名从鞍山来的孩子。这个孩子名叫朱悦萌，因患骨肉瘤在此住院，随时有截肢的危险。

陪同郭明义的是他刚结识的另一位全国道德模范裴春亮。见到孩子后，郭明义把身上的1300元全捐了，裴春亮也捐出3000元。乘出租车返程的路上，两个人仍然在为孩子叹息。他们的对话，被驾车的北京出租司机听到了，十分感动，表示要捐款。

郭明义说，你要捐就捐给你的同行吧，是我们鞍山市的一名出租车司机。

原来，郭明义有一个同事张云，是采场修路车间的平路机驾驶员，因患股骨头坏死无法工作。郭明义先后为他进行了6次募捐，共捐款3万元。张云的病治好后，仍然在采场开车。张云有一个同学叫王勇，是一名出租车司机，也是股骨头坏死，由于生活困难，便通过张云，请求郭明义帮助。郭明义就记住了他。

这位北京司机当即捐出100元钱，托郭明义代转。

郭明义回来后，就张罗着为王勇捐款，先后募捐了4万多元。

不久，王勇进行了手术，效果很好，几近痊愈。之后，王勇仍然开出租车谋生。对于郭明义，王勇的感激是无以言表的。他把自己治病剩下的9700多元，全部退还给郭明义，请他捐给更需要的人。

2011年4月，郭明义再次去看望朱悦萌，正好孩子的继父杜枫也在场。让郭明义痛心的是，杜枫竟然也患有严重的股骨头坏死，正在为治疗犯愁，一家人很是困窘。

事已至此，郭明义便把王勇剩余的9700元钱，全部捐给了杜枫，并又开始为他奔走募捐，不长时间，募捐来3.1万元。

杜枫的病治愈了。

接着，郭明义先后又为小悦萌募捐2万多元。

由于救治及时，小悦萌经过两次手术，病情得以彻底控制，不仅不用截肢了，而且还正在走向康复……

20. 雨后有彩虹

上帝总是公平的，不会把所有的不幸都装进你的箩筐。

张丽终于考进了辽宁省某大学。开学时，郭明义又送上2000元。

2007年7月，张丽以超出分数线20分的成绩，考上鞍山市重点中学——第八中学。

这本来是一件高兴的事情，却急坏了她的母亲。

　　说起来，张丽真是一个苦命孩子。

　　上初中的时候，父亲绝情地离开了她和多病的母亲，家轰然倒塌了。母亲心脏病骤发，躺倒不起，脸色蜡黄，落发满枕，望着窗外整夜整夜地发呆。张丽害怕极了，拨爸爸的电话，永远是忙音。

　　张丽逃学了，独自在街头徘徊。两旁的橱窗里，诡异的模特用千奇百怪的姿态看着她，不时飘出声嘶力竭的摇滚音乐："我拿青春赌明天……"她在想，是不是赌一把，去做生意，挣钱照顾妈妈。

　　妈妈挣扎着爬起来，走遍了周围的大街小巷，急切地寻找深夜不归的女儿。终于在一家酒店的霓虹灯下，妈妈看到了孤影寂寂的

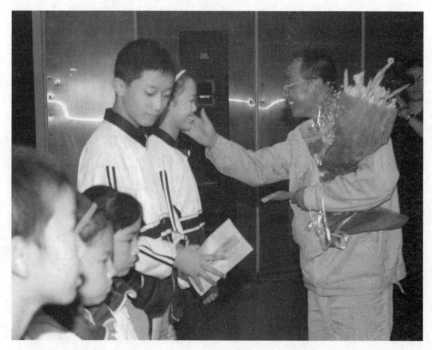

　　郭明义从2006年起，一直资助的困难孩子杨斯雯，目前已就读高中，在人生道路上健康成长。

女儿。

妈妈跌跌撞撞跑过去："丽丽。"

"妈妈，妈妈……"张丽哭着扑进妈妈的怀里。

张丽又开始了艰难的求学。

妈妈的工资700元，除去药费，所剩无几。就这样，懂事的张丽依然顽强地考取了本市的重点高中。学费虽然不多，可是压在张丽和妈妈的头上，就像山一样。

重点高中，是多少孩子的梦想啊，可张丽眼看就要梦碎了。

郭明义从报纸上看到了这一消息后，马上按报上披露的联系方式，约见了张丽。

那一天，阴雨沥沥，失落的张丽看哪儿都是灰暗的、潮湿的。她拿着父母的离婚证、下岗证，在孟泰公园里见到了郭明义。郭明

2009年3月4日，在团市委组织的郭明义爱心联队亲情见面会上，郭明义和他资助的25个孩子合影留念。

义告诉她，知识改变命运，为了让妈妈今后过上幸福生活，需要你靠刻苦学习去赢取明天。张丽郑重地点点头。

郭明义送给她一个信封和一个书包，信封里面装了600元钱，书包里有些学习用品，还有自己的电话号码。

从此之后，郭明义月月寄钱，连续两年。

2010年8月，张丽考上了一所一本大学。

开学时，高兴异常的郭明义又送给她2000元："这是伯伯奖励你的。"

张丽在日记中写道："是谁在风帆折断的时候，给了航船一个港湾？是一个素不相识的工人大叔，我这一生要感谢这个人！"

21. 苦菜花的微笑

第一次看到郭明义，奶奶哭了。原以为他是一个富翁，没想到却是一个清贫的普通工人。

脸盆、拖布、墙上的挂表，都是郭明义夫妻买来的，还有一盏精致的护眼台灯……

刚刚出生3个月，杨斯雯——这个襁褓里春芽一般的小姑娘面对的却是一个悲惨的人生开幕：父母离婚，双双离家出走，再也未曾见面，把她丢给年迈多病的爷爷、奶奶。爷爷是鞍钢的老工人，不久也去世了。奶奶曲卫君是一个家庭老太太，一辈子没有工作，没有收入，更没有积蓄。

奶奶靠捡垃圾维持生活，实在难以为继，在孩子两岁时，就送人了。但想一想，毕竟是家族的一条根，不舍啊，就又讨要了回来。可怜的孩子，像一株寒春里的苦菜花，在生命的凄风苦雨中瑟瑟颤抖着。

小斯雯3岁了，由于没有钱，不能去幼儿园。

小斯雯7岁了，哭着说："奶奶，我想上学。"

学费300元，没有。奶奶只得把爷爷的照相机和书籍卖掉，凑齐了费用。

孩子上学后，奶奶就感到更加吃力了，身体本来就不好，常常要看病吃药。孩子上到四年级时，奶奶实在供养不起了，有好几次已经失去了生活信心，甚至想到了绝路。

正在这个时候，郭明义从市"希望工程"办公室了解到她的情况，便寄去了300元。

后来，每一次开学时，他都寄300元，还给奶奶写信，鼓励她坚定信心。

虽然学费解决了，可祖孙两人的生活还是异常困难。为了省下中午饭的3元钱，奶奶每天中午都要骑自行车把孩子接回家。特别是到了冬天，鞍山的温度在零下20℃，北风呼号，滴水成冰，化不开的积雪，加上奶奶年老体弱，不知摔了多少跤。

郭明义又担心了，天这么冷，路这么滑，老人又有病，万一出了意外怎么办？于是，他每月又给小斯雯追加了100元，用于祖孙两人的生活费和小斯雯的午餐费。

　　虽然一直接受着郭明义的恩惠，但小斯雯和奶奶却一直没有机会见到郭明义。

　　2007年3月，在市"希望工程"办公室组织的一次座谈会上，双方才第一次碰面。看到郭明义穿着黄色的劳保鞋，破旧的工作服，肘部还打着补丁，奶奶握着郭明义的双手，泪流满面，一肚子感激的话哽在喉头。原来，她一直以为郭明义是一个富翁，没想到却是一个比自己好不了多少的普通工人。

　　小学读完后，小斯雯不想上学了，要去打零工或拾垃圾，帮奶奶维持生活。

　　郭明义坚决反对，于是，帮助孩子录入了重点初中——第42中学。小斯雯特别爱学习，成绩在班里一直是上游。每个月，郭明义总要抽时间去看望一次，每次都要带一些礼物，平时搬一箱咸鸡蛋或一箱牛奶，中秋节拿一盒葡萄和两盒月饼，过年时带一壶油和5斤糖果。从齐大山铁矿到第42中学，中间要辗转4次公交。为了省下几元钱，郭明义从来没有乘过出租车。

　　很快，孩子要上初三了，而她们的房子要拆迁。为了让孩子安心学习，考上重点高中，2010年9月，郭明义替孩子和奶奶在学校附近租下了一套小户型的单元房。重点学校附近的房租特别高，但考虑到孩子走路不超过10分钟，不仅安全，而且能节省好多时间，他和爱心团队的几位朋友你300我500，凑足了5000元钱，一次性交到次年7月，顺便还交上了当年的取暖费。

　　9月12日那一天，郭明义和妻子一起来帮着搬家。连脸盆、拖布、墙上的挂钟，都是郭明义夫妻买来的，还有一盏精致的护眼台灯，

　　郭明义对小斯雯的奶奶说，孩子花多少钱，我们全负责，一直到大学毕业。将来出嫁，我们就是娘家人，再出一份嫁妆。

22. 郭家的公共财产

　　郭明义的近视眼镜，一只镜腿是焊死的，戴了五六年，仍然没有换。

　　他家电视机的额头上，贴了一张小字条：公共财产，不许捐赠。

　　在整个鞍钢，除了贫困户，郭明义大概是唯一没有存折的人。直到今天，他使用的手机仍然是最简单、功能最少的那种老式三星。他的近视眼镜，一只镜腿是焊死的，戴了五六年，仍然没有换。

　　郭明义家离单位有五六里路，每天本来骑自行车上下班。2003年8月，他认识了一个海城县的"希望工程"救助的学生，每天步行4公里上学，当即就把自行车送给了孩子。妻子又给他买了一辆，可没过多久，他又捐给了另一个贫困孩子。妻子有些生气，就不管他了。他开始披星戴月地步行上班。过了一个多月，妻子还是心疼他，就又为他买了一辆"凤凰"。

　　第二年的六一儿童节，鞍山电台播出了一个访谈节目，询问孩子们的心愿。汤岗子小学的一个学生说如果能有一辆自行车就好

　　郭明义至今住在20世纪80年代中期所建的只有40平方米的楼房里。水泥地，白灰墙，没有任何装饰，但简朴整洁。

了，那样就再也不用担心上学迟到了。郭明义听到后，马上给电台记者打电话，说这个孩子的心愿我包了。回到家，就把自行车擦得锃亮，又捐出去了。

从此后，他又开始步行上班了。妻子想，干脆不给他买自行车了，路上汽车太多，经常堵塞，而且路程也不算太远，马上就50岁的人了，步行既安全，又锻炼身体。

直到今天，他仍然是一个"步行族"。

还有一个三捐电视机的故事。

郭明义家里原来有一台国产长虹牌彩色电视机。2001年3月，他发现修路车间值班室里空荡荡的，晚班的工友们常常打扑克、玩麻将，心想如果有一台电视机就好了，于是就把家里这台搬了过来。妻子又买了一台"康佳"，可过了两三年，郭明义去看望一个棚户区的贫困孩子，发现孩子的父亲常年瘫痪在床，孤独无助，如果面前有一台电视机，就不寂寞了。于是，又把家里的电视机搬了过去。

郭家的第三台电视机捐给了岫岩县的一个贫困孩子。在一次"希望工程"见面会上，郭明义问一个孩子最希望什么。孩子说最大的希望就是能看上彩色电视。郭明义的泪又流下来了，现在都什么年代了，看电视居然成了孩子的最大奢望，他马上就答应帮孩子实现愿望。当时，女儿也正是爱看电视的年龄，看到电视柜上空荡荡的，女儿哭了。他安慰说，你现在正读高中，看电视耽误学习，等你考上大学，咱换一台大电视。

一年之后，鞍山团市委的领导来家里慰问，看到这种情况后，就委托工会专门为他买一台电视机，为了不让他再捐出去，就严肃地告诉他，这是公共财产，不能自行处理。还特意在电视机的额头上贴了一张小字条：公共财产，不许捐赠。

如今，这台电视机仍然摆放在郭明义家中。

郭明义是一个纯正的工薪族，收入微薄。可这20年来，他的捐款累计已超过15万元，直接资助了210多个贫困孩子。至于物质的东西，更是倾其所有，只要自己所有，只要别人需要，能捐的东西，他都捐了，只落得家徒四壁。

虽然家徒四壁，但他却是最富有的人，也是最快乐的人。

他响当当地拍着胸脯说，咱全家工作稳定，收入稳定，衣食住行有保障，养老医疗没有后顾之忧，把这些财物捐给更需要的人，咱心里踏实！

笔者感言："为社会多做一些力所能及的事，觉得自己被群众所信任，被社会所需要，我就会感到很充实，很快乐，很幸福。"郭明义是这么想的，也是这么做的，把帮助别人减轻痛苦当成一种快乐。

我们大多数人，只是瞩目于社会表面的光鲜或成功人士，而郭明义关注的却是社会上的弱者；我们大多数人，也都怀有爱心，也曾经行善举做好事，但大都属于偶尔为之。郭明义与我们大多数人不同的是，他不仅关注弱者、同情弱者，而且还主动伸出手来，去实实在在地帮助弱者。更重要的是，他把这种爱心奉献当成一种习惯，一种义务，一种追求，坚持几十年……

这是我们这个时代最缺乏的，也是最需要的！

6

第六章

大爱薄云天

当年轻的消防官兵，
扑进大火，
将自己灿烂如鲜花般的生命，
融化在蓝天里，烈火中，大地上，
我被深深地感动。

坐在弥散着爱的气息的车厢里，
抱着孩子的妇女
给颤颤巍巍的拄拐老人让座的时候，
我被深深地感动。

我常常被感动。
每一个角落、每一时刻，
悄悄地、静静地发生着爱的故事，
唤醒心底的那份期待，
留给世界一个美好的记忆。

　　　　　　　——摘自郭明义诗歌《常被感动》

感受阳光，感受温暖，感受自然，感受生命。

我一次次地问自己，生命究竟对我意味着什么？是我面对失败后的哭泣，还是成功后喜悦的泪水，还是不经意间的瞬间流逝？

有的人终生辛劳，没有鲜花、掌声，在人们不知晓的某一时刻，轻轻地、静静地、悄悄地离开了他所爱恋的土地，这是平凡的人生。

也有的人劳其一生，洒下了饱蘸生命辛酸的汗水，用百倍、千倍、万倍的努力，用生命中最鲜红的血液，书写着辉煌的一生，在人们前进的道路上矗立起一座座丰碑。

热爱生命吧！

热爱人生吧！

——摘自郭明义散文《感受生命》

23. 救救孩子

两位工友的孩子先后身患恶疾，郭明义的心一下子掉进了油锅里。

毋庸讳言，白血病、再生障碍性贫血等血液病，已经成为中国少年儿童的最主要杀手。

一切从两个工友的孩子开始。

2006年11月底，工友张国斌的情绪骤然崩塌，原来他13岁的女儿张赫被查出白血病。

听到这个消息，郭明义的心也一下子掉进了油锅里。花一样的年龄，怎么就得了这种病？他一刻也坐不住了，立刻去看望张国斌。

张国斌的家里早已是泪水横流。医生的态度十分明确：必须做干细胞移植手术，而这个手术的配型成功率不足十万分之一，且医疗费至少需要30万元。

离开医院，郭明义马上行动。他知道，燃眉之急是首先筹到一笔医药费，这等于给张国斌树立一份信心。然后，再为了那十万分之一的希望，做10万倍的努力。

他自己首先捐出700元，然后到处奔走呼号。

几天后，郭明义气喘吁吁地跑回了医院，手里拿着一个鼓囊囊的大信封，内里装着3万多元。这是郭明义几天的努力，也是矿山工友们的一片真情。

本已绝望的张家人，一下子又树起了信心。

可是，祸不单行。正在这时候，另一个工友刘孝强15岁的儿子也被检查出同一类型的恶病——重度再生障碍性贫血。

他又开始替刘孝强奔走，并把自己医疗账户上仅有的3000多元，全部划给了刘家孩子……

毋庸讳言，白血病、再生障碍性贫血等血液病，已经成为中国少年儿童的最主要杀手。

2002年，郭明义献血时，得知鞍山市红十字会开始向社会征集捐献造血干细胞，便报名采集了血液样本，加入了中华骨髓库，成为鞍山市第一批捐献造血干细胞志愿者。

对于熟悉英语的郭明义来说，十分清楚造血干细胞的英文内涵。"干"，译自stem，意为"树"、"起源"等，类似于一棵树干可以长出树杈、树叶，并开花结果。

通俗地讲，造血干细胞是指尚未发育成熟的细胞，是所有造血细胞和免疫细胞的起源，它不仅可以分化为红细胞、白细胞和血小板，还可跨系统分化为各种组织器官的细胞，具有自我更新、多向分化和归巢潜能，因此被医学上称为"万用细胞"，堪称人体的始祖细胞。

造血干细胞具有高度的自我更新和自我复制能力，一旦这种复制能力衰弱或消失，生命之花就要凋谢了。

其实，白血病、再生障碍性贫血等血液病古已有之，中国古代医典早有记载。西医自1845年起开始认识本病，至今虽已超过一个半世纪，但病因的密码尚未完全破译，可能与遗传、病毒感染有关，但最大的病源应该是某些理化因素，如电离辐射、苯、氯霉素、农药中毒等。

针对这种顽病，国内外尚无特效的药物能够彻底治愈。

最直接的办法就是造血干细胞移植。

24. 泣血的呼喊

十万分之一的希望，也不能放弃！郭明义熬了一个通宵，写出了一封特殊的倡议书。而后，便开始了声泪俱下的四处演讲。

他连续组织9次造血干细胞捐献活动，采集了1300多个血液样本……

看到两个工友整日以泪洗面，想着两个花季少年正在被病魔蚕食，郭明义心急如焚啊！

目前，除了募捐医疗费，最有效的办法就是进行造血干细胞移植。可是，通过鞍山市红十字会再三联系中华骨髓库，得知的信息是，虽然正在全力寻找，但由于目前国内捐献血液样本的志愿者十分有限，配型成功的希望微乎其微。

郭明义抱着他资助的重庆市黔江区6岁的小张猛，乐得合不拢嘴。

此时美国造血干细胞资料库内存有样本已达800多万份，欧洲的库存为370万例，中国台湾地区慈济会的数据是30万份，而拥有13亿人口的中国内地却只有13万份。在美国，造血干细胞移植的成功病例已达数万，而中国自1964年在北京大学人民医院进行第一例干细胞移植手术至今，成功者仅有2403例。

但即使是十万分之一的希望，也不能放弃啊！

站在医院的窗前，郭明义的目光迷茫地投向了川流不息的大街。突然，他眼前一亮，如果从现在开始，把大家多多动员起来，积极捐献血液样本，或许就能找到那一个配型成功者。

他猛然为自己的这个想法激动不已。

当天夜里，郭明义熬了一个通宵，再次写出了一封特殊的倡议书——

亲爱的工友：

　　当我们高高兴兴地迎着旭日走向工厂的时候，当我们拖着一身疲惫回到家里享受幸福时光的时候，你有没有想过我们的工友，我们的工友他正在遭受着痛苦。我们的一位工友，他的女儿得了白血病，我们的另一位工友，他的儿子患上了再生障碍性贫血。

　　你是否愿意献出你的爱心，如果你的血型能够跟这孩子配上型，献出自己的造血干细胞就能挽救他们的生命……

　　于是，每天上下班前的十几分钟，人们看到了这动人心弦的一幕幕：

　　郭明义像是着了魔怔，逢人就讲造血干细胞，就读自己的倡议书。车间开会时，他也读；食堂吃饭时，他也读；齐大山铁矿的七十多个机关科室和班组，他都读遍了。即使门岗那里，他也去声情并茂地宣读。

　　不仅读，还唱，唱《爱的奉献》。

　　最后，嗓子全哑了，说不出话来，唱不出声了。

　　热气腾腾的澡堂，是矿工们下班后最集中的去处。大家脱去衣服，下饺子般扑进水池里。老郭拿着搓澡巾，主动给大家搓澡。这是十几年的老习惯了，只是现在搓得时间更长些。搓着搓着，就开始说起两个不幸的孩子，眼圈发红："孩子多可怜啊，我们伸伸手就有可能救他们一命啊……"

　　有人问："对身体有害吗？"

　　老郭抡起浑圆的胳膊，摆一个pose：看，我这胳膊。我年年献血，也是志愿者，身体好得很哪！

正说着，热水突然停了。一身肥皂沫的老郭眼睛一亮，端起脸盆接满凉水，站在大家面前。众人不知道他要干什么。

只见他猛地举过头顶，兜头把凉水全倒在自己身上。

啊！

大家齐呼，似乎一股冷气从自己的头上浇下。

老郭扑棱扑棱脑袋，爽朗地笑了："看我这身板，硬实得很噢。"

…………

洗澡的人走了一拨又一拨，老郭搓完一个又一个。

浴池就剩他一个人了，他仍然不肯走，他有些累了。毕竟年近半百了，他的头轻轻靠在浴池边上，憨憨地打起盹儿来……

是啊，连石头都要感动啊！郭明义与这两个工友，非亲非故，却比亲人还要尽心尽力啊，他图什么呢？

郭明义又与鞍山广播电台联系，带着刘孝强的妻子和张国斌，走进了直播间。

直播间的玻璃窗隔绝了外界的喧嚣，明明灭灭的指示灯像生命的火花一样在眼前跳跃。

老郭对着那些火花，用低沉、凝滞的声音讲述着两个年轻生命遭遇的不幸，他说："如果我们伸出的臂膀，能挽救花蕾一般的生命，我们为什么犹豫，为什么观望呢……"

说着说着，这个铁一样的男人竟然哭出了声："我每次去医院，都会看到孩子趴在病房的窗口，眼巴巴地看着路上那些背着书包有说有笑上学去的孩子们……请大家帮帮这两个孩子吧，帮他们实现这个最简单、最幸福的愿望吧……"

　　说到这里，郭明义已经泣不成声。他捂着脸，趴在直播台上，呜呜痛哭。浑厚的哭声，随着浩瀚的电波，扩散到整个鞍山的耳鼓里，震荡着人们的心弦，令人肝肠寸断……

　　"我的血型也许和你的孩子相匹配，明天就去医院化验行吗？"

　　"我下了夜班就去医院，请等着我。"

　　直播间的电话被打爆了，直到节目结束，还在此起彼伏，持续到深夜……

　　2006年11月30日，郭明义组织了第一次捐献造血干细胞样本采集，当天便由红十字会采集140例。

　　27天后，组织第二次采集，又有400多名工友和社会上的爱心人士参加。

　　2010年9月2日，在第九次造血干细胞血液样本采集活动中，志愿者现场踊跃捐献。

随后，他又连续组织了7次采集活动，陆续采集了1300多个样本……

采集后的样本，马上与患者血型进行比对，而后加入中华造血干细胞骨髓库，与全球华人互通互用。

 # 25. 谁是最幸福的人

中华骨髓库经过全球华人血液样本比对，他的造血干细胞与远方一个人配型成功了。

想着自己的血液奔流在一个陌生人的血管内，在滋润着这个人的生命。那是人世间一种最美好最温馨的感觉啊！

28岁的电动轮司机许平鑫，只是一个普普通通的小伙子，没有多少公益意识。但是这些年和郭明义在一起，耳濡目染，已经悄悄地发生了质变。

当郭明义为张国斌和刘孝强的孩子呼吁造血干细胞捐献时，他碍于情面，也报名了，但抽血化验后，并没有配型成功。此事已经过去，他就彻底抛在了脑后。

谁知，两年后的2008年11月，鞍山市红十字会突然给他打来电话。原来中华骨髓库经过全球华人样本比对，他的造血干细胞与

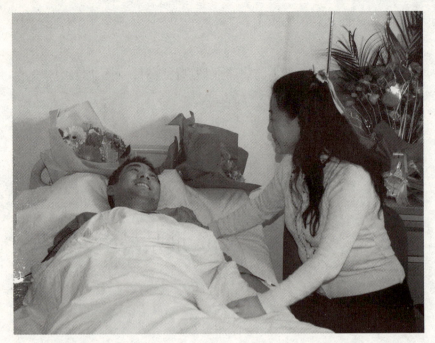

许平鑫的妻子不仅同意而且全程陪同许平鑫完成了造血干细胞捐献。

远方的一个人配型成功了，希望他践行承诺。

许平鑫害怕了，一种莫名的恐惧淹没了他。

"这是多么幸运的事啊！让你小子赶上了。"郭明义惊喜地说，"别害怕，就和第一次献血、献血小板一样。"

但毕竟不一样啊！许平鑫心里没底，不住地懊悔。

郭明义想方设法联系到了3位以往的造血干细胞捐献者，询问他们的近况，并通过他们与许平鑫打电话，谈亲身感受。

许平鑫的顾虑慢慢打消了。

12月初，再次采血。化验之后，与患者血液样本相似度竟高达90%，这是罕见的高配了，接近于同卵双胞胎的相同率。

可是，许平鑫的母亲和妻子又站出来，坚决反对：你是独生子，现在刚结婚，还没有生孩子，留下后遗症怎么办？

郭明义和医生一起，上门做工作，保证不会危害身体。

母亲和妻子虽然不再坚决反对，但又提出了一个条件：等生下健康孩子之后，再去捐献。

可患者等不及啊！

郭明义再次苦口婆心。

2008年12月18日，许平鑫赶到沈阳盛京医院，注射干细胞动员剂。连续5天，每天一针，之后，顺利地抽取了400毫升造血干细胞。红十字会工作人员和医疗人员乘飞机马上送往对方医院，输入了正在无菌氧舱里等待救命的患者的体内。

许平鑫由此成为全国第1066例造血干细胞捐献者。

按照国家有关规定，捐献者和被捐献者之间必须严格保密。捐献是义务的，对方不必留名，双方无须相识。好奇的许平鑫通过不同渠道，还是打听到了，那位曾经濒临绝境却又活过来的生命，据说是武汉市的一位民警。有关人员描述，那是一位40多岁的高个头儿的中年汉子，手术康复后已经重返工作岗位。既然国家规定不提倡双方相识，不相识就不相识吧，留着一个美好的念想，自己的血液奔流在一个遥远的地方，一个陌生人的血管内，在滋润着这个人的生命。那是人世间一种最美好最温馨的感觉啊！

虽然耽误一些时间，虽然抽干细胞时略有一些不舒服，但这是救人一命啊！

许平鑫不后悔，反而十分庆幸，感觉这是他人生中所做的一件最有意义的事情！

当然，他最感谢的人是郭明义，是他，让自己体验到了一个真正奉献者的幸福和快乐！

这么多年来，郭明义热衷于造血干细胞的捐献，可是最让他遗憾的是，始终没有找到一位需要自己干细胞的被捐献者。

如果自己的造血干细胞能够与某一个患者配型成功，能够挽救一个人的生命，那么自己就是天底下最幸福的人了！

 # 26. 星星之火，正在燎原

张国斌的女儿终于与一名外地捐献者配型成功，燃起了新的生命希望……

如果中华骨髓库中有更多的样本，所有的患者都能找到配型，那应该能挽救多少孩子的生命啊！

据不完全统计，目前我国有400余万白血病、再生障碍性贫血等血液病患者，每年新增4万余人，且发病人数正在逐年增加，小儿患者人群更高居第一位。

这种现象已引起世界医学界的高度重视，各国专家都在探究病因，已经取得诸多进展。而开展造血干细胞移植，是目前拯救此类患者的唯一有效手段。

经过两年多漫长的等待和寻找，张国斌的女儿终于与一名外地捐献者配型成功，但由于病情稳定，暂时不需要移植，可以上学了。

而刘孝强的儿子却没有那么幸运，最终也没有找到理想的配型。一个疼痛的结局！

临终之前，已陷入高烧昏迷状态的孩子，还在喃喃地说："郭伯伯一定能为我找到配型的。"

郭明义难过地仰起头，不让泪水流下。

孩子远行的那一天，郭明义异常悲痛。茫茫人海中，肯定有着很多与孩子相匹配的血型样本，可为什么没有找到呢？还是因为中华骨髓库里的备选样本太少啊！

孩子的悲剧，本来与他没有一点关系，可郭明义的心却一直在深深地自责，似乎这个悲凉的结果是因了他的松懈和怠慢。

　　郭明义长期坚持无偿献血和捐献血小板，累计献血量已达6万多毫升，相当于他全身血液的10倍。

他伏在孩子的遗体上痛哭：孩子，伯伯对不起你啊！蚕豆大的泪珠，噼噼啪啪地落下来，砸在大地上，砸得地球生疼。

如果中华骨髓库中，有更多更多的样本，所有的配型都能伸手可得，那该能挽救多少孩子的生命啊！

从此之后，郭明义在这方面投注了更多的精力。

他到处讲演：

……请想象一下，如果你和另一个人配上型，那是多大的缘分，十万分之一啊。说不定在几百年之前，你们是同一个先人，血脉是相通的，否则不可能没有一点关系就配上的。

中国古代哲人常常讲，凤凰浴火重生。当你的造血干细胞栽种在别人的身体里时，你已经又再造了一个自己！

…………

中国捐献造血干细胞的人仍是太少，比率不足发达国家的百分之一。

但中国毕竟是发展中国家，有着自己的特殊国情啊！捐献造血干细胞虽然对身体无害，但毕竟在一定程度上误工又误时。而大部分国民的经济收入不高，也没有完全纳入健全的社会保障体系，特别是农民工、下岗职工和没有固定收入的人群太大了，这部分人捐献的积极性难以真正调动，况且，知识阶层对这项社会公益事业的认识还没有根本改变。

社会意识，仍然是一座尚待融化的冰山。

而郭明义，正是自发于民间底层的一条热流，一丛地火……

27. 把我的肾给你

丁雨含的父母真是难以置信啊！现在到哪里去找这样的人呢，素昧平生，什么条件也不讲，就直接为对方捐肾。

郭明义说，人有一个肾就够用了。你不捐，我不捐，那孩子不是等死吗？

2010年3月11日下午。

郭明义从报纸上看到一条消息，辽宁科技大学一名21岁的女大学生丁雨含，不幸患上尿毒症，为了挽救生命，必须换肾，可她的父亲因为心脏病丧失了劳动能力，一家人只靠母亲800元退休金维持生活。面对28万元的换肾费用，全家一筹莫展。最后，这位大爱母亲，决定割肾救女。

放下报纸，郭明义一刻也坐不住了。这样的家庭，妈妈可是家庭支柱啊，万一身体垮了怎么办？失去了一个肾，一家不全都是病人了吗？

他马上赶往丁雨含住院的鞍钢铁东医院。

见到病床上的丁雨含，两个人的眼圈都红了。郭明义身上只带了200元钱，他全部掏出来，让孩子母亲先买些营养品。

接着，他找到医生。医生叹息着说，现在的当务之急就是寻找肾源，可这样的家庭……

郭明义马上表示可以捐一个肾，并急不可待地让医生开单子，抽血化验配型。

血液采集结束后，医生让他留下联系电话，回去等通知，一旦配型成功，马上过来做移植手术。

丁雨含的父母反复问了几遍，真是难以置信。捐肾是一个多么大的事情啊，别说他们经济拮据，就是富翁，花多少钱也难以买到理想的肾源啊！现在到哪里去找这样的人呢，素昧平生，什么条件也不讲，不要任何回报，就直接要为对方捐肾。

丁家父母问他姓名，他不说。看他穿着鞍钢的工作服，就问他在鞍钢哪个单位，他仍然不讲。

这家医院里正好有一个熟人，就把这件事告诉了郭明义的母亲叶景兰。

郭明义妈妈听说后，大吃一惊。她以为捐肾以后就是废人了，又气又急，坐在床上号啕大哭起来。平时捐钱捐物，她都不拦着，自己有退休金呢，用不着儿子贴补。可捐了一个肾，就等于捐出去半条命啊，万一要有什么意外，整个家庭就塌天了。她在电话里大骂儿子太鲁莽，劝他千万不要做傻事。

妻子知道后，既震惊又后怕，也哭着说，你觉悟再高，自己的身体不要啦？讲奉献，也要有一个度啊！

可郭明义决定的事情，谁也改变不了。他说，人有一个肾就够用了，捐出另一个又不碍事，亏你还是医生呢。你不捐，我不捐，那孩子不是等死吗？

几天后，化验结果出来了，配型不成功。

郭明义十分遗憾。

虽然没有捐成，但也是孩子的恩人啊！丁家父母一定要当面感谢。

郭明义说："不用谢我，咱们还是共同救孩子吧。"

后来，在大家的共同寻找下，终于找到了合适的肾源。

小雨含得救了。

28. 严涵的春天

在郭明义声嘶力竭的呼唤中，社会各界陆续为小姑娘捐款达40余万元。

小严涵的生命，终于柳暗花明，走向了春天……

2010年7月，刚满10个月的小姑娘严涵高烧不退，到鞍钢总医院检查，竟然又是白血病！

孩子的父亲严会春惊呆了。短短的时间内，花光了家里的所有积蓄，把仅有的一间门市也转让了。但想着黑黝黝的前景，他们心底的火苗渐渐熄灭了。

好心人悄悄劝说，这么小的孩子，别倾家荡产救治了，你们还年轻，再生一个吧。可面对聪明可爱的孩子，严会春夫妇怎么能够轻言放弃呢？

郭明义和重获新生的小严涵。

郭明义匆匆赶到了医院。他与严会春虽然都是鞍钢人，但并不认识。

两个人面面相觑，沉默无言。凝滞的愁苦，像一颗沉重的铅球，在两人之间寂寞地来回滚动着。

霍地，郭明义猛吸一口气，说："这是你的不幸，也是我的不幸，既然不幸掉在了咱们头上，咱们共同承担吧！"

刘孝强儿子的离去，深深刺激着郭明义，他下决心不让悲剧在小严涵身上重演。像上一次那样，他再次写出了一份倡议书，利用班余时间，去鞍钢矿业公司及各厂矿奔走呼号。现在的郭明义，个人影响和人格魅力早已广为人知。从领导层到普通一线工人，大家纷纷解囊，不到一周时间，便募捐了18.7万元。

正是这笔捐款，把严会春夫妻从绝望的深渊中拉了回来。

人，在孤独和绝望中，绝大多数是通过外力实现自我拯救的！

可怜的小姑娘，正在黑暗中与死神进行着激烈的摔跤。

病情一次次危急，又一次次化险。后来，在专家的建议下，转院到上海儿童医学中心，这是一家治疗白血病的权威医院。

好消息终于传来，小严涵的血中癌细胞数值下降了。

更大的好消息接踵而至：通过中华医学骨髓库在全球百万华人捐献者血液样本中详细比对，竟然找到了配型。如果各方面条件允许，近期就可以进行移植手术了。

但，小严涵的下一步治疗，最少需要20万元。没有这一笔费用，就无法完成盼望已久的手术。

但郭明义的眼前，已经悄然升起了一道亮丽的彩虹。

在此之后，他四处奔走，通过网络、报纸，大声呼吁为小严涵捐款。他义薄云天的真情，感动了全社会——

2010年年底，他在鞍山市疾控中心作报告。会后不到一个小时，全体职工捐款9000元。

中国最大的煤炭企业——神华集团听过郭明义的报告后，集团领导毅然决定从党员扶贫基金中捐出10万元。

与此同时，中国通用技术集团公司也雪中送炭，捐出7万元。

一位不愿意透露姓名的个体老板，主动找到郭明义，亲手递交3万元。

…………

这哪里是巨额捐款，这就是孩子的生命啊！

严会春夫妇泪流满面，跪在地上，以额磕地，叩谢苍天，叩谢大地，叩谢所有善良的人们！

2011年2月28日，小严涵被推进了无菌舱，顺利进行造血干细胞移植手术。

小严涵的生命，终于柳暗花明，走向了春天……

据中国红十字会官网资料显示：截至2011年10月，全国造血干细胞捐献志愿者数量达到130多万，成功实行干细胞移植手术2403例。

但是，这个数字与13亿人口这个分母相比，与数百万患者群体这个分母相比，仍是太小了，太小了。

 ## 29. 孩子，请你这样想

生命，如何面对死亡？这是人类最根本最终结也是最重要的追问。

作为一个普通人，郭明义无疑找到了一个最坦荡、最明智的答案。

2010年夏天的一个晚上，放假在家的女儿郭瑞雪在书架上翻书时，不经意间翻到了两本捐献遗体（器官）志愿者证书。打开一看，上面竟然写着爸爸妈妈的名字。

郭明义一家三口的合影。

女儿吓得哭了，猛然感觉天崩地陷了，以为两人得了什么绝症："爸爸，妈妈，你们怎么了，你们怎么了？"

爸爸似乎猜到了女儿的心思："我们都好好的，没有什么病啊！"

"那你们？"

"谁都有这么一天，这是自然规律，虽然忌讳，但不能回避，更不能避免啊！咱们是唯物主义者，都是现代人，人家国外年轻人立遗嘱的很多呢。为什么不活明白些呢？"

"就这么简单？"

"是，本来就是挺简单的事啊！"郭明义头也没有抬，"亏你还是一个大学生呢，思想还这么守旧。"

"那，将来，我可到哪儿去看你们啊？"

郭明义放下书，拍一拍女儿的肩膀，笑一笑说："傻孩子，就是不捐，你不也看不到了吗？"

"那你们也得留点什么吧？"

"记在心里比什么都重要，再说，我和你妈不是还有照片吗？有空看一看不就行了吗？"郭明义轻松地说，"闺女，这真不是什么大事。你看，你姑姑和姑父，也和我们一样，都签了字。这一次，你回来，我们还准备做你的工作呢，你要在年轻人中带这个头啊！"

女儿哭得抬不起头了："老爸，你……"

…………

30. 手套更暖心

人心本善，需要点燃。郭明义就是那一簇顽强的火种！

一次，两次，三次，持续点燃，就会湿柴变干柴，小火变大火，大火变烈火，烈火熊熊，这个世界就会变成温暖的人间！

几位退休老矿工正在矿区文体活动广场上悠闲地打门球。细碎的沙粒在清冷的日光下反射着点点金光，粘着沙粒的白色小球被一杆击中，瑟瑟地滚向远方。

这是2010年冬天的一个上午。

一阵寒风呼啸着从李宇老人的手上刮过，像冰刀一样舔舐了一下握紧球杆的粗大的手指，他哆嗦了一下，手指有些麻木，刚才击球的方向偏了好多，不仅没有击中对方的红球，反而袒露在对方最好的打击角度内。唉，后悔没有听老伴的话，戴上手套出门。

路过这里的郭明义，看到了老人击球的那一幕。前几年，父亲在世的时候，也常常在这里打门球，有一次忘记戴手套，竟然生了冻疮。

他走上前，把自己的手套摘下来，递过去。

李宇愕然地望着这个素不相识的人，停在那里，没有接。

郭明义又往前送了送："给您，快戴上，看把手冻红了。"

李宇老人揉了揉眼睛，仔细看了看眼前这个陌生人，一身矿工服，头戴安全帽，宽大的眼镜后面粲然地绽放着一脸真诚。

"给了我，你戴什么呢？"李宇问。

他笑一笑，把双手插在衣兜里："我不骑自行车，不用的。"

于是，老人伸出手，接过了那一副雪白的手套。

一阵柔软的暖流顿时传递到全身。只见他双臂潇洒地轻轻一扬，"啪"的一声，球迅疾地向前撞去，吧嗒，撞击得红球一头栽到洞里，而白球却悠然地转了一个圈儿，稳稳地停在洞口，得意地微笑。

场上一片喝彩："好球，老李！"

李宇老人感激地看着那个送手套的人的背影，纳闷地从记忆里搜索着这个人的线索。

这时候，有人悄悄说了一声，他就是郭明义。

哦，原来是郭明义，难怪！李宇老人深深地长吁了一口气。

大家一边打球一边聊天：这个人是有那么一点"卡"，这两天又在矿区内外动员捐遗体、捐眼角膜呢……

31. 今天的你我，不要重复昨天的故事

有人总结，郭明义有四献：献血、献工、献钱物、献遗体。这四献，几乎就是一个人的一切。

可是，郭明义说，其实我只献出一个字：爱——对这个国家、这个社会的深情挚爱！

捐献遗体和器官，在中国似乎是一个令人忌讳的名词。

但现代文明中的人类，必须正视它。既然死亡是一个不可避免的将来的事实，既然数百万器官性重病患者只有通过器官移植才能救治，既然现代医学需要大量的遗体器官进行解剖研究。那么，当生命走到尽头的时候，把自己完整的遗体器官捐献给社会，移植给别人，造福后代，不仅是自己生命的延续，更是人类文明和人道主义的彰显。

据介绍，中国每年需要进行眼角膜、肾、肝、心脏、皮肤等器官移植的患者有近200万名，而医疗科研机构和医学院的数十万学生，更需要大量的遗体器官实物进行解剖研究。

而我国，由于受到传统观念的影响，绝大多数的遗体和器官都火化了。

这是一个最巨大的浪费！

以武汉市为例，从2000年至今，全市捐献的遗体只有385具。

据报道，大连市一家医学科研机构，为了病理研究，长期依靠从日本进口遗体，进行解剖。

目前，中国器官移植手术的器官来源，主要是数量极少的死刑犯（仍有大多数不同意捐献），另一个来源就是买卖器官，这其中暗藏着沉痛的社会问题，比如穷人卖肝卖肾、暴力抢夺等等。

这是一个国家落后、愚昧的标志！

西方国家，对此诟病大矣。

在法国，只要车祸死亡者没有特别声明，都视为同意捐献器官；澳大利亚的驾照持有者约80%签署遗体器官捐献书；在英国，这一比例约为45%。英国王妃戴安娜在弥留之际曾口授了捐献有用器官的遗嘱。她的肺、肝、双肾、胰脏、眼角膜和部分皮肤分别使法国、比利时、英国和荷兰四国的8名患者受惠。

献血，在中国已较为普及，但与发达国家相比，仍然相差10倍。捐献造血干细胞，因为技术和心理上的一些障碍，在这方面，我们与发达国家相差百倍。而捐献遗体（器官），因为一道无形而又根深蒂固的传统意识，在这个方面，我们与发达国家相比，差距近乎千倍。

郭明义说，过去参加亲人、朋友、领导、同事的遗体告别，心里只是沉痛。现在，除了沉痛之外，还有一种可惜。大家的遗体都不捐献，只是一把火烧了，太可惜了！

论人口，中国有13亿，遗体资源最为丰富。论信仰，共产党员是最坚定的无神论者。如果有充足的可供移植的器官，就会有更多的生命被拯救，就会有更多的人恢复健康。如果有足够的遗体供科学研究，我国的医疗水平将会大大提速，许多生命缺憾将可以弥补，我们的世界就可以更健康，更和谐，更文明。

改变现在，就是改变未来！

2010年6月25日，由郭明义发起的"鞍山市无偿捐献遗体（器官）志愿者俱乐部"成立。会上，包括郭明义的妻子孙秀英、妹妹郭素娟夫妇在内的218名志愿者，庄重地举起右手，攥紧拳头。

郭明义饱含激情地宣读着誓言：

既然避免不了死亡，就让我们在生命的最后一刻做出一次庄严的选择。请一切相信、富有爱心的同志加入我们的俱乐部，让我们摒弃传统落后的观念，树立达观的思想，正确对待死亡，让自己在

郭明义的奖章以及他和家人自愿捐献遗体器官证书。

离开人世后，还能做出最后的贡献，为人生画一个圆满的句号，让自己成为一个高尚的人，一个纯粹的人，一个洋溢着无私大爱的人。

我自愿成为一名光荣的遗体（器官）捐献志愿者！

郭明义第一个签名后，母亲、妻子、妹妹、妹夫和数十位亲戚、朋友也签名了，更多的工友、小区居民也签名了。

当天，参加签名的有500多位。

而今，这个团体的志愿者已达到8000多人。

无疑，这是全国参与人数最多的遗体（器官）捐献者团体！

笔者感言： 捐献血液、捐献造血干细胞、捐献遗体器官等等，全是无偿的，应该谁去捐献？理论上，谁都有这个义务和责任，但法律又无法明确规定。这就需要相应的公民意识、公民责任。

如今，中国正在进入现代社会。但是，由于市场经济的快速发展，城乡之间、东西部地区之间财富等各种资源还存在着种种不均衡，再加上信息的爆炸和透明，物质的极大丰富，各种诱惑的五彩缤纷，使得整个社会新的公民道德秩序并没有建立起来，从而引发了种种不稳定事件。

围绕社会主义核心价值体系，建立与这个时代相适应的公民道德，是和谐社会建设的一项重要内容。

7

第七章

老郭的幸福生活

是啊，我又何尝不被自己身边默默无闻的妻子所感动呢？

特别是在我工作中出现差错，心情忧虑和苦闷的时候，妻子不顾自己工作上的劳累、生活上的艰辛，把自己的爱带给我和女儿。

而这种感动，又激励着我，影响着我，去追求，去拼搏，去奋斗，去奉献……

——摘自郭明义散文《常被感动》

早晨起来，给老伴打个电话。也许年岁大了，对老伴的依赖越来越大。随着岁月的逝去，我和老伴也度过了最美好的时光。有痛苦，有离别的思恋，也有快乐的时光。我不会私奔，老伴也不会离开我。我爱老伴！

——摘自郭明义的新浪微博

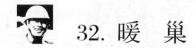

32. 暖　巢

　　他的家很小，一室一厅一卫，使用面积只有28平方米。

　　唯一的装饰是墙上的中国地图和世界地图，还有床头挂着的一幅小油画：《天使之爱》……

　　在樱桃园社区的北部，有一片建造于20世纪80年代的住宅楼，最北面一栋的顶层，就是郭明义的小家了。

　　走进屋里，一室一厅一卫，没有天然气，包括阳台在内，使用面积只有28平方米；卧室里，被一张老式双人床占据了大半空间，电视和电脑都唯唯诺诺地拥挤在临窗的墙角；客厅只有三四平方米，那是女儿的空间，一张小号单人床，床沿几乎顶到了屋门；卫生间呢，只有单人沙发大小。还有厨房，面积只有客厅的一半。这是鞍钢所有家属楼里最传统最狭小的一种户型了。

　　室内水泥地，白灰墙，日光灯管，唯一的装饰是墙上的中国地图和世界地图，还有床头挂着的一幅小油画：《天使之爱》。在陈旧的家具中，最值钱的是那台2005年购买的单门电冰箱。

　　这套房子，是鞍钢1988年分给郭明义的。

　　现在，那些与他同时入住的工友们，大都住进了高档小区，最

本文作者正在郭明义家中采访郭明义的妻子。

差的也买了大户型的商品房。

　　完全可以说，郭明义是他那一批工友中住房条件最差的人。

　　不是郭明义没有改善住房的机会，恰恰相反。他是干部身份，又是副科级，工龄又长，还多次荣获鞍钢集团公司的"先进工作者"和"优秀共产党员"称号，每次福利分房都排名靠前。可他每次都主动放弃选择权，连一份申请书也没有写过。

　　根本的原因是没有钱。他说，分新房还要加钱，装修、购买新家具，花不少钱呢。咱们在这里住着舒舒服服，不去费那个心思了。

　　别人劝他："别犯傻，这是你应该得到的。像你这种资历，谁没有两套房子？你可以把房子先要到手，再转手卖给别人啊，能赚好几万块钱呢！"

　　他笑笑说："那何必呢？费那个周折干什么呢，直接分给别人不就得了。我没有时间动那个心思。"

他常对妻子和女儿说："咱们条件不错了，有地方住，有固定工作，收入也不错。比不上我们的人多了，咱们应该知足了。"

房子虽小，每隔一两年，他都会粉刷一遍，雪白雪白的，木门窗呢，油漆成明亮的天蓝色。总共用不了多少钱，却使小小的屋子充盈着浓浓的温馨……

 # 33. 永远的欠条

"郭明义欠孙秀英同志1200元，于2008年7月1日前偿还，还不上，离婚。"这是郭明义写给妻子的一张欠条。

虽然是假货，却是20多年来丈夫为自己购买的唯一的礼物，她已经十分满足了。

为了保证家里的最基本开销，郭明义夫妻之间曾有一个口头的君子协定：家里财政归妻子掌管，捐款以郭明义总收入的一半为限。

可是，一年四季，郭明义因捐款经常出现赤字，每每向妻子求援。

　　每当这个时候，他就把需资助的孩子和家庭的照片和资料拿出来，向妻子讲述。说着说着，"催泪弹"就起作用了，夫妻两个人就一起流起了眼泪。

　　2008年年初，郭明义在"希望工程"名单上又发现了4个特困孩子，便一口应承下来了。每个孩子一学期300元，共1200元。

　　可是按原来计划，上半年"希望工程"的捐款已经用完了。怎么办呢？女儿已经考上大学，每年学费、生活费需要1万元，前天刚刚取走。妻子的卡上已经没有多少存款了，他实在不好意思再开口了。

　　当天晚饭后，他对妻子说："你歇着吧，让我来。"刷锅洗碗，擦桌拖地，而后又想方设法地讨好妻子，一会儿揉肩一会儿捶腿，没完没了地乱献殷勤。

　　妻子知道他又要故技重演，便执意不理他。

　　果然，他张口了："老伴，拿几个钱。"

　　妻子仍是不吱声。

　　他把4个孩子的资料拿出来，开始讲述各自的家庭困难。

　　这些，妻子都听多了。

　　是啊，夫妻两个人的收入并不高，结婚20年来，工资加一块才20多万，可他却捐出了12万。现在物价太高，钱根本不够用啊，一家人的衣食，人情往来，双方父母，女儿上大学。平时，水果不敢买，买菜也不去超市，而去地摊。这么多年来，自己连最普通的化妆品也没有用过啊，上个月过年时，连一件新衣服也没有买。前几天女儿开学时，她还专门规定每月的生活费不能超过600元……

　　孙秀英越想越生气，心头陡然涌上来一股无名的委屈。想着想

郭明义和妻子最早的合影照片。

着，禁不住抽泣起来。停了一会儿，擦干眼泪，下楼散闷去了。

郭明义赶紧闭上嘴，尾随而去。

妻子在周围的小树林走了两个多小时，郭明义一直在远处守望着。

街上的人影稀疏了，郭明义走上前，小声说："老伴，半夜了，天太冷，咱们回家吧。"

妻子不理他。

看着妻子情绪稳定了，郭明义继续献殷勤："累不累?"

"不累!"

走到楼梯口，郭明义说："我背你上楼吧。"

说着，就蹲下去，后背冲着她。

妻子径自上楼去了，留下他，仍然蹲在那里。其实，妻子的心早就软了，铁铮铮的汉子，在她面前却变成了小绵羊。

进门后，她开始数落："你这是逞什么能，咱有多大本事办多大的事儿，你自己就是一个贫困户，还去帮助别人。"

郭明义哄骗妻子："那怎么办啊，钱借了单位的，已经给人家打欠条了，明天要还上。"

妻子一怔，沉默了一会儿："那你也给我打一个欠条吧。"

郭明义暗自庆幸："好，好，我写欠条，日后一定还你！"

说着，拿过纸笔，写道：

郭明义欠孙秀英同志1200元，于2008年7月1日前偿还，还不上，离婚。郭明义于2008年2月16日。

不用说，这笔欠款至今也没有还上。

2009年10月，单位派郭明义和几位劳模到井冈山参观学习。

临行前，妻子往他的行李包里塞了1000元钱。因为担心他不会买东西，被人欺骗了，便又嘱咐他什么也不用买，只要平安返回就可以了。

一路上，郭明义谨遵妻嘱，什么也没有购买。他想，这1000元钱正好是3个孩子半年的费用呢。

临下山时，走进一家商店，一枚款式别致的仿钻石戒指深深地吸引了他。如果不是行家，这枚包金上镶嵌着玻璃的"钻戒"还确实足以乱真。打听价格，竟然只有28元。这时候，他猛然想起了与自己相濡以沫20多年的妻子，时光真快啊，恍惚间，自己已经走过中年，迈向老年了。于是，咬咬牙，就买下了。

两天后，郭明义回来了，神神秘秘地拿出一个小盒："老伴，我给你买了一件好东西，戴上试一试，肯定好看。"说着，拉过妻子的手指。

妻子眼前一亮，却又满腹狐疑，1000元能买上真钻戒？便问："花了多少钱？"

"别问了，反正你给的钱够用的。"

妻子真的不再追问了，高高兴兴地戴在手指上，左看右看，特别喜欢，又小心翼翼地收起来，放在匣子里。

后来，还是一同去井冈山的同伴泄露了天机。

孙秀英淡淡一笑，她并没有什么意外。其实，她早就知道那是赝品。不过，这是结婚20多年来丈夫给自己购买的唯一的礼物，她已经十分满足了。

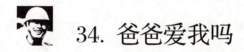

34. 爸爸爱我吗

女儿兴冲冲地跑进家门，却发现桌上空空的，电视机不翼而飞了。

在大学里，女儿是最朴素的一个。学校里有一个大餐厅，一楼是大众菜，二楼是特色菜，上了4年大学，她竟然一次也没有上去过。

在女儿郭瑞雪儿时的记忆中，爸爸经常给"希望工程"的孩子们买本买笔买文具，却从没有给自己买过。书本都是自己买的，一个文具盒陪她度过了好多年，坏了，就用橡皮筋扎住。

爸爸没有带自己去公园玩过，也从没有送过自己上学，更没有参加过学校组织的家长会。

2005年，女儿考上了全市最好的重点中学——鞍山一中，这引起了多少家长羡慕啊。可是入学时，爸爸只是把自己送到校门口，入学手续、寻找教室和宿舍都是自己办理的。

女儿清楚地记得，刚上高中那一年，学习紧张，功课压得喘不过气来，情绪有些波动和急躁。妈妈一边安慰女儿，一边挖空心思调剂饭菜的花样和营养。家里房子小，女儿做作业的时候，妈妈不敢开电视，洗衣服时也担心流水声打扰孩子。

可是，偏偏这一年，爸爸从市孤儿院领回一个5岁的小男孩，每个周末都住在家里，晚上就睡在爸妈中间，星期天还让妈妈带着去公园游玩，还去看电影。小家伙满屋子跑，没有停歇的时候，看到瑞雪在灯下写字，一会儿拽一下衣服，一会儿喊着要喝水，一会儿又在凳子边撒尿。

郭明义急忙用拖把擦干净，不好意思地挠一挠头，对女儿说："对不起，影响你了。"

女儿没好气地说："你有那么多儿子、女儿要照顾，还有心情管我啊?!"

郭明义沉默了，轻轻地叹一口气："你太幸福了，而他们太可怜了，以后你会明白的。"

直到一年后，孩子被人认养，找到了温暖的归宿。

2007年3月的一个星期天傍晚，女儿兴冲冲地放学回家。湖南卫视有一档节目，她特别喜欢。

可是走进家门，她愣住了，桌上空空的，电视机不翼而飞了。

幸福甜蜜的三口之家。

她忙问父亲怎么回事，郭明义低着头，不说话。

不用说，父亲把电视机捐送给贫困学生了。这已经是第三次了。

女儿赌气地说，我要看电视！

父亲的脸红了，嗫嚅着说明了原因。而后对女儿说，别着急，等我攒够了钱，再给你买一个大的。再说，你明年就要高考了，我捐出去，也是为了让你更安心地学习。

女儿的高考成绩是593分，接近很多一流大学的分数线，最后却被南京师范大学录取。为什么上师范？那就是郭明义手里没有钱，上师范能减免许多学费。

被录取的那一天，父亲高兴得像一个孩子，他说，你看老爸多英明，要不是我把电视机捐出去，你能考这么好吗？

那一刻，女儿哭笑不得。

入学那一天，别的家长大都送孩子到大学，他只是把女儿送到火车站。

在大学里，女儿是最朴素的一个。学校里有一个大餐厅，一楼是普通菜，二楼是特色菜，上了4年大学，她竟然一次也没有上去过。

女儿的入党时间是2009年12月26日。第一时间，女儿打电话就告诉了爸爸。

郭明义兴奋地在电话里大喊："女儿同志，这一下你妈可永远赶不上了，咱们父女都是21岁入党，你妈妈30岁才是党员，她连撵上咱们的机会也没有喽，哈哈！"

随着女儿一天天地长大，她逐渐读懂了父亲这一本丰富而厚重的大书……

35. 我爱我家

把爱心献给众人，把爱情献给爱人。郭明义的心中，爱如涌泉，永不枯竭。

面对别人的嘲笑，郭明义说："还是老伴好，你支持我了，就等于全世界都支持我了。"

住房虽小，却温馨暖人。

郭明义的书柜里摆满了书——文学书，泰戈尔、屠格涅夫、莎士比亚、艾青等等。晚上的时候，他常常坐在书桌前，拧亮台灯，走进书中世界，与大师对话。或拿起钢笔，放飞想象，遨游四季，春雨润青，夏日泼墨，秋草摇黄，冬雪飞白……

于是，一首清丽的小诗，或一篇温情的散文出来了，静静地栖息在纸页上，悄然飘浮着淡淡的墨香，那是他的心音、他的思绪。

他每天凌晨起床，窗外的城市还在静静地沉睡。蹑手蹑脚地吃完简单的早餐后，他总是习惯性地为妻子晾一杯开水，待她睡醒后，不热不凉，正好饮用。而每天早晨8点半之前，妻子刚刚坐到办公室，就会准时接到一个电话，只有3个字："到了吗?"

郭明义是一个细心人，妻子从离开家门，到乘坐公交车，再到办公室，冬天夏天雨天雪天，各需要多长时间，他都能准确地算得出来。

虽然只有3个字，却可以让她温暖一整天。

而每天的晚上，家里的主角就换成了妻子。迎接自己的永远是温柔的灯光和香喷喷的饭菜，当然，还有妻子那一张永远也读不厌倦的笑脸。

女儿在南京上大学，已经是一名学生会干部了，前年还入了党，正在准备考研究生呢。

虽然窗外的霓虹灯闪射着诡谲的光亮，给这座城市的人们的富足和欲望，涂抹上了一层浓稠的暧昧色调，虽然穿梭在那浓稠的暧昧色调中的男男女女是那么的急切，那么的兴致勃勃，那么的津津有味，但这个小窗里的人家，永远是那么质朴，那么简单，那么纯净，那么快乐……

　　常常地，他为这些独有的快乐而自我陶醉，自我感动。是的，比起那些家在农村的工友，我多了妻子的一份收入，多了一套矿区的宿舍楼，多了一个聪慧美丽的考上大学的女儿；还有一帮理解自己、支持自己的亲人、朋友和"大眼睛"们；更主要的是，我还有着健康的身体，还有着一件件永远也做不完的充满着乐趣与希望的事情，我还有什么不满足的呢？

　　为此，他还专门写过一篇散文《常常感动》，发表在当地报纸的副刊上。

　　有一天晚上，郭明义回到家里唉声叹气，这可是少见的现象啊。原来刚才在院内，有几个人当面嘲笑他是傻子。

郭明义和妻子、女儿在一起。

　　妻子安慰他："咱走咱的路，他们爱说就说吧，只要咱们心安就行。我理解你，支持你。是啊，我们家老郭，不抽烟，不喝酒，不打牌，就是喜爱做好事。这是好事啊，能不支持吗？"

　　郭明义一听，又笑了："还是老伴好，你支持我了，就等于全世界都支持我了。"

　　妻子温柔地看着他，欣赏着他。郭明义心中暖洋洋的，像泡了温泉，周身的细胞也都在跳舞、唱歌……

　　笔者感言：我们生活中的大部分人，往往是用自己的缺憾，去羡慕别人的优点。穷人羡慕着富人的物质，而富人却羡慕着穷人的快乐。

　　而郭明义的追求，早已超越了这些。

　　郭明义每天步行上下班，每天投入地工作，每天想着帮助别人，这样的结果，使得他心底满足，身体健壮，54岁的人了，每次体检，全部合格，头上的白发也没有几根。

　　快乐的人永远年轻，幸福的人永远年轻！

　　是的，郭明义的物质生活标准设计得很低很低，但精神生活标准却制定得很高很高。他拥有健康，拥有快乐，拥有心灵的宁静与安怡。

　　我们谁能说他不幸福呢？我们谁能说比他更幸福呢？

8

第八章
遍地粉丝

人类的心胸究竟有多宽多大

难以想象

不仅容纳了太平洋印度洋大西洋

珠穆朗玛峰马里亚纳海沟

还容纳了地球月亮和宇宙

…………

人类的梦想有多大

人类的生存空间探索空间

就有多大

人类的爱有多宽广多博大

人类的幸福和温暖

就有多大

——摘自郭明义诗歌《人类的梦想》

为了发动人捐款，郭明义也不少碰壁。

一次，一个工友被郭明义劝急了，大喊道："捐捐捐！我自己都困难拿什么捐？你说得好听，让你把脚上的鞋换给我，你愿意吗？"这双鞋是前几天自己生日时，妻子用200多元特意买的礼物，他心里爱惜得很，可一听这话，就毫不犹豫脱下来，与这位工友交换了。

还有一次，有人看见郭明义穿着一件新工装，就说，你不是学雷锋吗，看我这衣服破成这样了，换一下吧。

旁人都觉得这人是在欺负郭明义，都很气愤。但郭明义一点也不气恼，笑呵呵地把衣服脱下来，送给了他。

 # 36. 第501号义工

"我欠饭店100元酒钱，你是活雷锋，赞助赞助哥儿们吧。"

李树伟勃然大怒："你们都是王八蛋，说话不算数，做人没爱心！"说完，摔门而出。

李树伟与郭明义是从小一起长大的好伙伴，中学毕业后也在齐大山铁矿参加了工作。2000 年左右，鞍钢全面亏损，他便请假离岗，随一位亲戚到国外做生意，在南非的博茨瓦纳开办了一家小型超市，自任老板。

鞍钢效益好转后，严令外流人员返岗，否则解除劳动关系。他思考再三，舍不得辞职，便转让超市，回来上班，在齐大山铁矿北破车间做皮带工。由于转让超市赔了一笔钱，他心情郁闷，平时总是沉迷于酒杯里和麻将桌前，对社会则是玩世不恭、怨天尤人。

对老同学郭明义，李树伟更是经常公开嘲笑："真是大傻瓜，天下第一的大傻瓜！"

见到郭明义，他总是玩闹："昨晚上玩麻将输钱了，能赞助我300 块钱吗？"

"我欠饭店100元酒钱，你是活雷锋，赞助赞助哥儿们吧。"

2006 年夏天，郭明义号召捐献血小板的时候，曾找他做工作。

"你是傻蛋，我不傻啊！"他瞪大眼，一口拒绝。

"献血对人体有好处啊。"郭明义劝他。

"我不关心这些，我只关心献血给不给钱？"

"给啊。"郭明义一听，笑着说。

"给多少？"李树伟下意识地说。

老郭只好哄他："300元。"

"好！那我去。"

这是李树伟第一次献血，跟郭明义一起去的。

献完血小板后，市红十字会给他颁发了一个红彤彤的志愿者证书，他高兴地笑了。

"钱呢？"李树伟又问郭明义。

"血站为你采血化验，花了300元成本。两不找了。"郭明义呵呵一笑。

李树伟气得哭笑不得，一拳头打在郭明义的胸脯上。反正是从小的好朋友，狗皮帽子没反正。

虽然没有钱，但李树伟的心里一下晴朗了，感觉做了一件好事，往日填满阴霾的心胸舒畅多了，别人看自己的眼光也变得亲热了。

从此之后，他经常去献血小板，还学着郭明义，资助了一个穷困孩子。

但他还是心有顾虑，做了好事不敢说，不好意思说，怕别人讽刺他，尤其是见了以前的酒友和麻友。

一次打麻将，几个麻友嘲问他最近又做了什么好事，他不敢承认。这时，他的上衣口袋里正好装着一张献血证，弯腰拾牌的时候滑落在地上。麻友拿过献血证，使劲甩打他的脑袋："真是傻×！吃饱了撑的。"一边甩打，一边哈哈大笑。

还有一次，一个过去的酒友，因为持刀伤人被判刑3年，刑满释放了，几个朋友为他接风，像迎接凯旋的英雄。

他心里很不是滋味儿。

"树伟，其实帮别人就是帮自己，谁能保证自己或自己家人永远不出事？你家里出了事，大家都不伸手，你心里怎么想？"郭明义常常开导他。

再打麻将时，他也开始试探着讲一些"希望工程"的话题。

麻友问："捐一个'希望工程'多少钱？"

"只需要300元。"

"300元，小意思，小意思，一圈儿麻将就赢回来了。"

下一次，李树伟就带着"希望工程"捐款志愿表过去了，让他们填写。可他们早就忘记了，不仅不填，还嬉笑着把志愿表也撕碎了。

李树伟勃然大怒："你们都是王八蛋，说话不算数，做人没爱心！"说完，摔门而出。

自此之后，李树伟再也不与他们联系了。

过去身上有钱，喝了，输了，现在都捐给了困难孩子，心安啊！

平时，李树伟的妻子谭桂华因为担心他惹事，总不让他出门。可是郭明义打来电话，她肯定放人："郭明义的电话，你随便接，随便唠，参加郭明义的活动，缺钱我给你。"

现在，李树伟已经成为鞍山市第501号义工，参加了郭明义的全部7个爱心组织。

 # 37. 老郭改变我后半生

"国家办奥运，需要喜气洋洋，咱们家办喜事，你愿意有人来搅浑水啊？"

乔广全说："我这大半辈子混日子，从没得过先进。没想到过了50岁，却第一次被表彰，自己活得值！"

乔广全也是郭明义儿时的同学，在鞍钢房产公司工作。2002年，单位给了1.7万元，买断工龄，自谋职业。

2004年，乔广全带领18个人，承包了鞍钢下属某单位的锅炉改造工程。辛辛苦苦干了半年，总共20万元的工程款，却被拖欠6万元迟迟不给。后来，对方老板干脆跑掉了。18个人经常围攻乔广全，打他，骂他。乔广全也没有办法，只得自己掏路费，和大家一起四处追讨，可谁管他们啊？最后，实在没有办法，他们决定在2008年奥运会之前，集体去北京上访。

郭明义劝他："全子，不要给中国人抹黑啊！国家是大家，咱们是小家，国家办奥运，需要喜气洋洋，咱们家办喜事，你愿意有人来搅浑水啊？"

"可谁管我们死活啊？"乔广全哭丧着脸说。

"我帮你！"

郭明义与乔广全一起去讨款。乔广全的承包属于转包性质，企

在郭明义的感召和带动下，越来越多的工友加入郭明义爱心团队。

业已将工程款交给个体户，可个体户老板却跑掉了。郭明义通过企业厂长，想方设法寻找个体户，讲道理，上法院，前前后后跑了十几趟。

最后，在各方的压力下，个体户老板终于分两次把6万元付清了。

后来，郭明义让乔广全跟着自己去献血。乔广全说："别说献血，就是要我命，我也给啊！"

原来喝酒，打麻将，动刀子，打架，浑身匪气，是齐大山镇有名的"惹不起"，现在的乔广全，却变成了一个带头做好事的活雷锋。

这几年，他献了5次血，捐助了3个贫困学生。郭明义的所有团队，他也都参加了。2010年年底，他居然还被社区评为"爱心公民"，领到了一张大大的奖状。

乔广全说："我这大半辈子混日子，人见人讨厌，从来没有得过先进。没想到过了50岁，却第一次被表彰，很激动，我感觉自己活得值，活得有尊严了。是老郭改变了我的后半生！"

 ## 38. 艳丽馅饼店

金黄的馅饼，5角钱一个，香飘半条街。郭明义天天路过，却从没有买过。

李艳丽说："我没有文化，也不看报纸，但我相信，郭大哥是一个好人，他号召的事肯定没错！"

莫道君行早，更有早行人。

在郭明义每天早早上班的路旁，有一家小小的"艳丽馅饼店"。40多岁的女店主李艳丽，是一个下岗职工。

因为做早餐生意，李艳丽每天凌晨5点钟就开始忙碌了。

金黄的馅饼，5角钱一个，香飘半条街。黑黝黝的大街上，没有几个人，郭明义天天路过，便冲着李艳丽点一点头，却从没有买过馅饼。

2007年秋天，艳丽馅饼店的阁楼突然失火，一场意外的惊吓和经济损失折腾得李艳丽垂头丧气。

郭明义主动找到她："小店不容易，我组织大伙儿给你捐捐款吧。"

"不用啦，不用啦。"李艳丽心头热乎乎的，"真的不用麻烦大家，不用麻烦大家了，我手里还有一些本钱。"

不久，艳丽馅饼店重新粉饰一番，红红火火地又开张营业了。

从此之后，两人就算熟悉了。

再路过的时候，看到那个鲜艳的招牌，郭明义就会喊一声："早啊。"

这个时候，李艳丽就笑呵呵地转出来，说："老郭，这么积极，真是雷锋啊。"

有时候，老郭也会停下来，走进小店，帮着端端盘子，搬搬桌子，再摆上几把凳子，冬天的时候，还帮着捅两下火炉。

日子就这么平平淡淡地走过。

2008年春，郭明义再次发动捐献造血干细胞。刚开始的时候，他不好意思找李艳丽宣传，因为他从来没有买过一个馅饼。所以，每当准备开口时，总是迟迟疑疑的。

李艳丽主动问："大哥，看你说话吞吞吐吐的，有什么心事吗?"

"妹子，我有一件事，想跟你商量商量……"

听他说完后，李艳丽犹豫了一会儿，慢慢地却是坚定地说："我报名吧。"

从此，郭明义的队伍里又多了一位馅饼店的女老板。

后来，李艳丽说："我没有多少文化，也不看报纸，不知道这事到底怎么样，但我相信，郭大哥是一个好人，他号召的事情肯定没有错!"

电影《郭明义》中有一个情节：老郭每天早上买两个馅饼。那是剧作者根据画面语言的要求而编造的。其实，现实中，生活节俭的郭明义从来没有在这个馅饼店买过一个馅饼。

"我是一个普通人，没有什么能力，只能用这种方式去服务社会，帮助别人。"李艳丽说。

是的，长不成一棵树，长成一株草也行啊!

只要心是绿的。

 # 39. 把春天寄给你

苹果放在桌子上，大家都没有吃，红红的，像一颗颗心。

几年过去了，大家心里都平静不下去了。身边有这么一个活雷

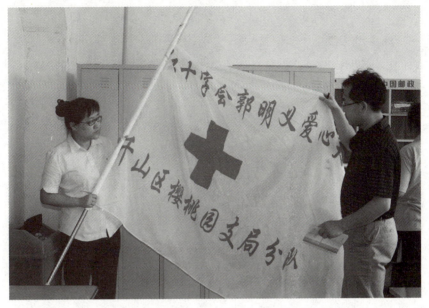

本文作者采访期间，见证了郭明义爱心团队樱桃园支局分队。

锋，咱们不做好事，心里过意不去啊！

　　齐大山镇上有一家樱桃园邮政所，是郭明义向外汇款的必由之地。

　　邮政所里的几位女邮政员都很纳闷，这个人寄钱的地址多而散，又经常变换，且大都是农村和学校。有一次，邮政员冯渤就问："这些都是你亲戚？"

　　"不是啊。"

　　"那是谁啊？"

　　他的脸红了，含混地说是自己资助的几个穷孩子。

　　几个女孩子的眼睛都瞪大了，真是亲眼见到活雷锋了："这么多穷孩子，你也是一个普通人，有能力吗？"

　　"尽力呗。"郭明义叹一口气，平静地说。

　　他仍是经常来寄钱。相互点点头，看着他，来了，走了。

　　几年过去了，大家心里都平静不下去了。后来，不知谁提议，咱们也捐助几个孩子吧。身边有这么一个活雷锋，咱们不做好事，心里也过意不去啊。

　　于是，她们就从"希望工程"办公室提供的贫困孩子名单中选定了几个，进行长期捐助。

　　后来又响应郭明义的倡议，主动献血，一下子就去了6名女邮政员。郭明义知道后，特意送来一兜苹果，询问："第一次献血，有没有不适应？"

　　"没有什么啊。"女孩子们轻轻松松地说。

　　"那就好，那就好，其实献血对身体有好处的。"说着，就让大家猜他的年龄。的确，他50多岁了，却显得年轻很多，他

郭明义爱心团队樱桃园支局分队的部分志愿者。

经常说那是献血的原因。不过，最主要的是，他有一颗年轻的心。

几个苹果放在桌子上，大家都没有吃。苹果红红的，像一颗颗心。

后来，凡是郭明义倡议的活动，只要有时间，只要有条件，她们全参加了。邮政所长王亚军，还有韩晓威、冯渤等9名女邮政员，都加入了郭明义的爱心团队，"希望工程"、献血、捐献造血干细胞、捐献遗体……

 # 40. 咱们的爱心团队

送人玫瑰，手留余香。而爱心就是一株永远盛开的玫瑰，四季翠绿，竞相绽放，永不凋谢。

所以，爱是可以再生的。奉献越多，幸福越多！

郭明义最早资助的"女儿"王诗越已经大学毕业，找到了一份满意的工作。王诗越早早地就加入了他的爱心团队，长期资助着两个贫困学生。

王爽，是郭明义资助过的一个工友的儿子，也是郭明义众多的"儿子"之一。他于1996年考入大连海事大学，大学三年级时就开始学着"爸爸"义务献血了。2010年，王爽被上海一家大型船舶企业录用，参加工作后的第一件事，就是申请长期资助几名特困学生。

还有10多个"女儿"和"儿子"大学毕业后，从第一个月的工资里拿出300元，交给郭明义，请求他帮助选定资助对象。

2010年12月，郭明义收到两封来自新疆的信，是一位叫辛亮的退休教师写来的，还寄来两张500元汇款单。辛老师承诺，今后每个月从退休金中拿出500元，请郭明义代捐给最需要的人。

对于郭明义，张国斌真是无以言谢啊！他说，过去听到有人说郭明义是"傻子"，自己曾在一旁看热闹，可等到真正遇到困难，才体会到这样的"傻子"是多么的珍贵，多么的难得！

张国斌夫妇一直琢磨着用什么方式感谢郭明义，可他们太知道他的脾气了，给东西不要，请吃饭不去，怎么办呢？最后，夫妻俩商量，咱们跟着郭明义一起去献血吧！

除了献血，夫妻俩还加入鞍山市义工团队，到街道上打扫卫生，到公园里捡垃圾……

以前坐公交车从没有意识到让座，现在张国斌见到老人上车，就会不由自主地站起来，浑身总有一种帮助别人的欲望。

张国斌说，以前总觉得雷锋离我们很远，现在才体会到，你只要伸伸手，弯弯腰，你就是雷锋，你就是郭明义……

这几年，郭明义陆续组织了7个爱心团队：

"希望工程——郭明义爱心联队"成员已达8000人，总捐款超过200万元，资助了2000多个贫困孩子……

无偿献血联队已有 10000 多人，累计献血超过 1200 万毫升。

捐献造血干细胞志愿者已有 4000 多人，为中华骨髓库增添了 4000 多个血液样本。

还有，捐献遗体（器官），慈善义工，红十字急救队，等等。

齐大山铁矿共有职工 2400 多名，凡符合条件的人，基本上全部参加了郭明义的爱心组织。

郭明义爱心团队队旗和志愿者证书。

我采访时，齐大山矿宣传部的时部长告诉我，他的岳母是一个没有多少文化的农村妇女，听别人说郭明义，始终不肯相信，后来看得多了，听得多了，也信了，就主动报名了——捐献眼角膜。

郭明义的爱心团队，像滚雪球一样越来越大。

我们希望他的团队越来越大。

我们希望全国的13亿公民，都能参加他的团队……

41. 时代的呼唤

　　社会文明的进步是渐进的，需要各要素的平衡发展，但最主要的是道德建设。

　　互联网上的郭明义热，更加说明：时代需要郭明义！

　　2011年3月25日，郭明义在新浪网开通了自己的微博。

　　开博第一条就让人眼睛发亮，心生暖意：

　　各位微友，您好！今天是一个值得记住的日子，我开始融入这个群体，与各位微友一起分享阳光、温暖、力量、快乐！谢谢！

　　郭明义开微博，目的很明确："我想借助这个更广阔的平台，帮助更多有困难的人，带动更多愿意帮助别人的人，同时把自己的快乐和幸福传递给更多的人。"

　　出人意料的是，他的微博很快就受到网友热捧，关注者以日均万计的人数增长。当年6月，粉丝数量就突破100万；8月，突破200万；10月，突破300万；12月，突破400万。在新浪1亿多微博博主中增长速度最快，在微博新人排行榜上排名第一。

　　据统计，郭明义至今共发微博3200多条，覆盖网民9000万。回复中，99.8%的网民对郭明义事迹持推崇态度。

　　郭明义微博内容涉及工作、生活、感情等方面。在这里，他质朴、直率地直播思想，袒露心声：

　　看到了小贾明伟。7岁。我们爱心团队3次捐款计25 000元。站在贾明伟面前，我在想，也许，这点钱对他来说微不足道。但，有那么多人在他无助的时候，伸出手帮他。我发现小明伟父母忧愁的脸露出了一丝微笑。去爱我们身边这样的孩子和他的父母吧！

　　在从武汉机场上飞机时，看到了一个坐轮椅的女同胞等待上飞

2008年，鞍钢矿业公司齐大山铁矿成立郭明义敬业奉献团队。

机一同前往成都。我和同行的吴峥还有一名飞机男乘员一起，将她抬上飞机。非常高兴。

我在和工友一起修整10号电铲坡道。站在骄阳似火的采场，看到工友挥汗如雨，眼泪在眼里滚动。我想起了几年前，工友看我献血返回采场大干昏倒后，用洒水车将我浇醒。万分感激之情，油然而生。

今天炒了土豆丝，还有红烧肉，非常好吃，非常高兴。

我开始做好事时，也有很多人不理解。想一想还有那么多需要帮助的人，我就不能不管，这让我义无反顾地放弃了杂念，坚持下来。

…………

在微博里，郭明义对于网友的问题，既不回避，也不闪烁其词，像生活中那样真诚。

2011年年底，他回到儿时的家园，深情地写道：

再次来到了你的身旁，梦中的故乡。故乡，是母亲脸上挂着的春天的微笑，是父亲那可依偎的宽大的肩膀，是扑面而来的散发着泥土芳香的可口饭菜，是江南水乡雨巷里站着的一位小姑娘，撑着伞，消失在雨巷的尽头。我走在故乡的土地上，我在遥望，在寻找，故乡的春天。

郭明义的坦率和真诚，激起了数百万"粉丝"热情洋溢的回应。一方小小的微博，成为人们守望高尚的一个窗口，交流真善美爱的一个平台。

沈阳音乐学院大四学生李萱桐是郭明义的忠实"粉丝"，她说："郭明义精神告诉我们，大学生在走上社会以后，应该以怎样的态度去工作和生活。"

北京贵友大厦职工董敬说："我通过郭大哥的微博体验到了爱的力量，并宣布加入了郭明义爱心团队！"

辽宁大学学生王晓磊说："郭叔叔的很多事情都可学、可为。"

网友"尚雯婕"说："人们期待您的声音，给人温暖、智慧、力量、信仰，像人们渴望的太阳！"

2011年3月25日，郭明义开通新浪微博，截至11月底，粉丝突破700万。

"郭大哥，原来你也是一个开朗且能够接受新鲜事物的人，我也想参加您发起的造血干细胞捐献。"

"经常看你的博文，很有感染力，很受教育，向你致敬!"

"在爱的世界里，什么奇迹都可能会出现!"

…………

还有更多的网民，表示要献血、捐献造血干细胞、捐献遗体器官，要资助贫困学生……

2011年6月14日，在第八个世界献血者日到来之际，郭明义通过微博倡议举行无偿献血活动。据不完全统计，活动当天，散布在全国各地的郭明义爱心团队的3000多名志愿者，献血达60多万毫升。

…………

眼下，网络早已流行，微博成为时尚。一些娱乐明星、时尚"大腕"和话题人物人气高涨，备受关注，俨然成为时尚的风向标。

但郭明义，一个朴朴实实的普通工人，却领风气之先，这无疑表示了一个鲜明的社会现实：时代需要郭明义，需要郭明义精神!

同时，这也愈加凸显了那个更为重大的时代命题：在工业化、全球化和信息化的今天，一种丰满的蕴涵着社会主义先进文化核心因子的新型价值观建设，已经成为国人发自内心的最热烈呼唤，也是历史赋予我们这个时代的最迫切任务!

笔者感言：虽然在互联网上，主流价值的表达容易被多元化的舆论消解，正面的声音经常被众多杂音、噪音淹没。但是，只要是过得硬的人物和事迹，只要是符合人民群众心愿的精神，无论在哪里，同样会成为热点和时尚。

网络上的郭明义热，更加说明：郭明义精神，就是时代精神！

虽然这个社会十分物质，十分浮躁，问题多多，但我们不得不承认，社会的主旋律是公正的，人性的主旋律是善良的。面对众多的社会问题，我们最需要的是理解，是沟通，是解决，是关爱。

每一块石头里都沉睡着一个维纳斯，只有爱的钎锤才能将她唤醒。

爱心，是纯净水，是润滑剂，是稳压器。如果一个社会充满着冷漠和生硬、薄情与误解，那么，这个社会难言和平，难言和谐，更难言幸福。

虽然，光有爱是不够的。

但是，爱是一切的基础！

附录一　郭明义感言

❖ 我是一名党员，我深知自己肩上的担子有多重；我是一名党员，这庄严、神圣的名字，使我深深地知道：自己该做什么。我是一名党员，站在庄严的党旗下，举起自己的右手，宣誓、宣誓、宣誓，这崇高的承诺，需用一生去实践。

❖ 我常常问自己，我究竟能给你什么，我的朋友？虽不知道这个答案，但我深深地知道，我确实能给你，那属于我的生命，我的爱……

❖ 是共产党员，就要想着人民群众，有人问我，你自己并不富裕，为什么还要去帮助别人？我确实不富裕，但我的生活比困难群众好多了。群众有了困难，党员不能袖手旁观、无动于衷！一定要站出来，一定要管！送去几百元钱和急需的东西，就能帮助一个家庭渡过难关；拿出300元钱，就能让一个孩子有学上。这是我能够做到的，我为什么不做呢？我为什么不多做一点呢？

❖ 有人觉得存款多、房子大是财富。可我觉得物质财富，只供个人享受，不算真正的幸福；如果用来帮助困难群众，大家分享，就会带给更多人幸福。对我来说，这55本献血证、200多封感谢信，就是对我最大的奖赏。

❖ 图什么？在党旗下宣誓的那一刻起，我就选定了自己的人生道路，要实践我的誓言，就像父母抚养子女、儿女孝敬老人一样，是天经地义的事。

❖ 一个不爱家人的人，就不会爱社会；一个不孝敬父母的人，就不会忠于国家。

❖ 这些奖金，留着它我睡不着觉，觉得烫手，它们不是我的，是对爱心的奖励，应该再用于爱心。

❖ 我有献血证、汇款单据、感谢信，这是我一生的财富，看着它们，有一种温暖的感觉。

❖ 我就是一个普普通通的人，看到有人挨冻，上不起学，急需血液，心里就不好受，吃不好，睡不好，一天到晚总想这个事。把事做了，心里的石头就落地了，心情会很高兴。

❖ 有住的就够了。我虽然睡的是几十平方米的小屋，但我的胸间有大海……

❖ 我不图名不图利。要真说图名声，也是想通过我的行动，通过我的名声，去唤起更多人的良知，去做更多的事情。

❖ 我只是一个普通的人，做着普通的事。拔高了、神化了就不是我。

❖ 官不在大小，而在是否真能做点事。不做事，再大的官也没用。

❖ 如果发出一点光，放出一点热，能够换来孩子幸福的笑脸，换来他人生命之花的绽放，换来人与人之间的温暖和谐，这样的人生，我无怨无悔！

❖ 如果你的心窄，给你1万平米的房子，你也会觉得孤单。

❖ 有的人吃龙虾是享受，我帮助别人就是享受。
为社会多做一些力所能及的事，觉得自己被党组织所信任、被群众所信赖、被社会所需要，我就会感到很充实、很快乐、很幸福。

❖ 30年来，我经历了很多，但我的信念一直很明确：一个共产党员，要为党、为国家、为人民的事业奉献自己的一切，这是天经地义的，不需要任何理由！

❖ 他那是拿我和他家比，可我是和那些贫困的工友比。经常接触不同的社会群体，就会有不同的人生方向。我经常接触孤儿院的孤儿、上不起学的孩子、生活困难的职工，和他们相比，我是富足的，我就非常想去帮助他们。

❖ 也许，以我个人的力量，难以从根本上改变那些贫困家庭的生活，但至少可以让他们感觉到有人在惦记着他们，让他们感受到社会大家庭的温暖。

❖ 如果说，受助者感激的目光和快乐的笑容给了我动力，那么越来越多的支持者，则坚定了我勇往直前的信心。

❖ 无论是一个家庭、一家企业还是整个社会，人和人之间关系和谐了，大家就能快乐工作、幸福生活。

❖ 能够以己之力帮助别人减轻痛苦，能够使更多的病人及时输入救命的鲜血，这就是我最大的快乐！

❖ 如果说，妻子、女儿的理解、支持给了我动力，那么越来越多的支持者，使我更加坚定了勇往直前的信心和勇气。

❖ 什么叫对孩子好？给她吃好的穿好的就是对她好？教给她做人的道理不是更好吗？

❖ 这事不是很平常吗？别人在消费上得到满足，我在救助一个孩子的时候得到满足！这样活着，我心里踏实。

❖ 房子要那么大做什么？能住就行了。只要一家人在一起就很知足了。

❖ 很多时候，痛苦就是来源于欲望。

❖ 我一直觉得自己干的大家都能干，自己做得还很不够。

❖ 我喜欢美好的事物，经常能从痛苦中、灾难中发现美好的东西。比如一场巨大的灾难，会让人的心灵有感触，情感被触动，感受到在自然面前人很弱小，那么为什么不让人与人之间联系得更紧密呢？

❖ 接触不同的社会群体，就会有不同的人生思考。如果经常接触唯利是图的人，就会把金钱财富看得很重；如果经常接触困难群体，就会不由自主地想帮助他们。我为自己能为别人尽点力而感到欣慰，也时常因为力不从心而感到内疚。每次做完好事都觉得特别快乐，睡觉都特别香，不然心里老琢磨这个事怎么没做成。

❖ 理解我的角度很容易，如果这个人需要，我能做的就做了，比如自己的亲人需要血没有血的时候，那种焦急的心情很容易想象，如果有所储备就好办了。所有事都离不开人做出来的好事。
做好事应该让别人知道，让更多的人知道，50多岁的老头儿都在做这些事情，引起他们的思考，并不是让别人也这么做，而是知道这个社会还是有好人好事，对社会充满信心。

附录二 郭明义纪事

1958年12月27日，生于鞍山市齐大山镇樱桃园村。

1976年7月，齐大山镇中学初中毕业。

1977年1月，参军，沈阳军区23军67师201团1营1连1排1班战士。

1977年4月—1979年4月，师直汽训队战士。

1979年，获全师技术大比武汽车教导员专业理论和实际考试两个第一名。

1980年6月12日，加入中国共产党。

1980年，被所在师党委命名为"学雷锋标兵"。

1982年1月，从部队复员，被分配到齐大山铁矿汽运车间，做T20矿用汽车驾驶员。

1983年5月4日，被评为"鞍钢青年精神文明先进个人"。

1984年4月27日，参加国家人事部组织的全国统一录用干部考试，并顺利通过。

1984年5月，被推选为汽运车间团支部书记。

1985年3月，考入鞍山市委党校大专班。

1987年1月，调到齐大山矿宣传科任理论干事。

1988年，被分流到机动车间任统计员兼人事员。

1990年，开始参加无偿献血活动。

1991年2月，通过国家统计员考试并获任职资格。

1993年，齐大山铁矿扩建工程开工，被调入扩建工程建设指挥部办公室工作，负责33台154T电动轮组装的现场翻译和资料翻译。

1994年，开始参加"希望工程"捐资助学活动。

1996年，齐大山铁矿扩建工程完成后，被调入矿生产技术科担任采场公路管理员。

1998年，被评为"鞍钢矿业公司先进生产者"。

2000年—2002年，连续3年被评为"鞍钢集团公司先进生产者"。

2001年，被评为"鞍钢精神文明建设标兵"。

2002年，被评为"鞍钢优秀共产党员"。

2002年，加入中华骨髓库，成为鞍山市第一批捐献造血干细胞志愿者。

2004年—2005年，连续两年被评为"鞍钢集团公司先进生产者"。

2006年，成为鞍山市第一批遗体和眼角膜捐献志愿者。当年，再次被评为"鞍钢优秀共产党员"。

2006年11月30日，郭明义组织进行了第一次大规模捐献造血干细胞样本采集活动，采集血液样本140多例。

2006年12月27日，郭明义组织进行了第二次捐献造血干细胞样本采集活动，采集血液样本400多例。

2006年—2009年，连续4年被评为"鞍钢矿业公司模范共产党员"。

2007年3月2日，郭明义组织第一次大规模无偿献血活动，共有100多名干部职工和社区居民参加。

2007年5月23日，由他发起的鞍钢集团矿业公司红十字志愿者服务队召开成立大会。中国红十字总会常务副会长江亦曼、辽宁省红十字会常务副会长刘琳娜、鞍山市副市长刘桂香等参加。当日，进行了第三次大规模捐献造血干细胞样本采集活动，采集造血干细胞样本200多例。

2007年，被评为"鞍钢优秀共产党员"。

2008年3月4日，"希望工程——郭明义爱心联队"成立。

2008年3月13日，郭明义组织第四次大规模捐献造血干细胞样本采集活动，采集血液样本200多例。

2008年5月，四川汶川大地震后，郭明义先后3次向灾区捐款，并交纳了1050元"特殊党费"。

2008年6月19日，郭明义和"爱心联队"其他20名队员一起资助了36名困难学生。他一人捐款4800元，一次资助了16名特困学生。

2008年6月25日，郭明义与30名志愿者到鞍山市中心血站为北京奥运会献血，每人获得一枚"奥运生命"奖章。

2008年7月1日，齐大山铁矿党政工联合下发文件，在全矿开展向郭明义同志学习活动。

2008年11月，荣获"全国红十字志愿者之星"和"全国无偿献血奉献奖金奖"荣誉称号。

2008年12月，被鞍山市精神文明建设指导委员会授予鞍山市"道德模范"荣誉称号。

2009年3月4日，鞍山团市委举办"弘扬雷锋精神，真情铸就和谐，希望工程——郭明义爱心联队亲情见面会"，郭明义一次性资助25名困难学生，捐款7500元。

2009年4月，郭明义发起成立了鞍山市第一支红十字志愿者服务队和红十字志愿者急救队。郭明义成为这两支队伍的首任队长。

2009年7月29日，矿业公司召开向郭明义同志学习动员大会，矿业公司党政工联合做出向郭明义同志学习的决定，在会上成立了"郭明义爱心团队"。

2009年8月23日，《工人日报》在头版头题位置刊登了长篇事迹通讯《"钢城"好人郭明义》，并配发了题为"人生角度"的编者感言。郭明义的先进事迹首次在国家级媒体上公开发表。

2009年9月23日，当选为鞍山市无偿献血形象代言人。

2009年12月30日，鞍钢集团公司党委书记、总经理张晓刚专程到齐大山矿区郭明义家中看望慰问，称赞他是新时期钢铁产业工人的楷模，并要求各级宣传部门深入挖掘郭明义同志的先进事迹。

2009年，郭明义被评为"鞍钢优秀共产党员"。

2010年1月，郭明义当选为2009年度"感动鞍山十大人物"。

2010年2月2日，郭明义已经坚持无偿献血，捐献血小板整整20年，献血70多次，献血总量6万毫升。

2010年2月8日，郭明义被评为"鞍钢劳动模范"。

2010年2月9日，郭明义无偿献血志愿者应急服务大队成立大会在矿业公司召开，600多名志愿者加入大队。会后，在郭明义同志的发动下，138名志愿者献血32000多毫升，保证了鞍山市春节期间的用血安全。

2010年3月5日，新华社向全国播发了题为《鞍钢一职工54次无偿献血感动民众激起"爱心传承"》的郭明义先进事迹通稿。

2010年3月12日，雷锋生前战友乔安山与郭明义见面，并和他一道为矿业青年志愿者服务队授旗。

2010年4月16日，郭明义为青海玉树地震灾区交纳特殊党费1000元。

2010年4月26日，鞍钢集团公司党委、鞍钢集团公司联合下发开展向郭明义同志学习活动的决定。

2010年4月29日，郭明义被授予"鞍山市特等劳动模范"称号。

2010年5月20日，郭明义捐款3000元，资助了10名新疆塔什库尔干县城乡寄宿学校的塔吉克族贫困学生。在他的号召和发动下，有100多名爱心联队的志愿者捐款3万元，资助了100名新疆塔吉克族困难孩子，其中有56名孤儿。

2010年6月9日，鞍钢集团公司在鞍钢工人文化官召开郭明义事迹报告会暨鞍钢创先争优活动动员大会。

2010年6月12日开始，郭明义事迹报告团分别在鞍钢股份公司、矿业公司、鲅鱼圈分公司、机总公司、设备检修协力、铁东医院、鞍山市消防局等单位举行了10多场郭明义先进事迹报告会。

2010年6月，郭明义获得"中央企业优秀共产党员"称号。

2010年7月6日，郭明义到辽宁科技大学作事迹报告时得知大二学生殷懿患了白血病，第二天就到医院看望他并捐款1000元。

2010年7月上旬，新华社对郭明义事迹进行了采访。

2010年8月3日，省军区政治部主任到鞍钢集团矿业公司了解郭明义先进事迹。

2010年8月4日，鞍钢集团公司党委中心组召开会议，学习贯彻中央领导同志批示精神，对结合创先争优活动掀起向郭明义学习的新高潮提出具体要求。

2010年8月4日，中共鞍山市委员会做出关于开展向郭明义同志学习活动的决定，在全市发出向郭明义同志学习的号召。同日，辽宁省红十字会做出了《关于开展向郭明义同志学习活动的决定》。

2010年8月6日，《鞍山日报》、鞍山电台、鞍山电视台等媒体开始公开报道郭明义同志的先进事迹。

2010年8月11日，辽宁省总工会授予郭明义同志辽宁省"五一劳动奖章"。

2010年8月12日，中共鞍山市委举办了郭明义同志先进事迹报告会。

2010年8月16日，中华全国总工会授予郭明义同志全国"五一劳动奖章"。

2010年8月17日，郭明义同志先进事迹报告团为全总机关作事迹报告并取得圆满成功。

2010年8月18日，辽宁省总工会做出"在全省职工中开展向郭明义学习活动"的决定。

2010年8月30日，郭明义和白血病患儿严涵的父亲到鞍山交通台直播间做直播，呼吁社会帮助严涵，参加造血干细胞捐献。

2010年9月2日，《辽宁日报》在头版头题位置刊发辽宁省委宣传部、省委组织部、省总工会联合调查组撰写的郭明义同志先进事迹调查报告；同日，郭明义爱心团队在鞍山市开展第八次无偿献血活动。

2010年9月3日，《辽宁日报》、辽宁人民广播电台、东北新闻网等省级媒体开始连续3天报道郭明义同志的先进事迹。

2010年9月4日—9月9日，中央媒体采访团来公司采访郭明义先进事迹。

2010年9月17日，新华社开始向全国播发郭明义同志先进事迹的通稿。

2010年9月18日，中央电视台、中央人民广播电台、《人民日报》等中央媒体开始连续3天全面报道郭明义同志的先进事迹。

2010年9月19日，参加新华网直播访谈节目。

2010年9月21日，辽宁省郭明义同志先进事迹报告会在省人民礼堂举行。

2010年10月11日，郭明义同志先进事迹报告会在人民大会堂隆重举行。报告会前，李长春、王兆国、刘云山、徐才厚等中央领导同志接见了报告团全体成员。当晚，郭明义参加了解放军网的现场访谈。

2010年10月12日，到天津血液病医院、北京复兴医院、清华大学看望3名被资助的大学生。

2010年10月13日—11月5日，参加全国巡回报告会。先后在重庆、乌鲁木齐、西安、郑州、长沙、广州、南京、济南、长春、哈尔滨作了10场报告。

2010年11月8日，参加沈阳军区举行的记者节颁奖大会。

2010年11月10日，到北京参加《中国形象》的拍摄。

2010年11月22日—26日，郭明义同志先进事迹报告团应邀到宝钢、攀钢作了两场报告。

2010年11月30日，到国资委参加经验交流会。

2010年12月6日，北方影视制作中心总制片人等到矿业公司协商拍摄电影《郭明义》的相关事宜。

2011年1月6日，参加浦东干部学院举行的郭明义同志先进事迹报告会。

2011年1月8日，参加人民网举行的年度人物颁奖仪式。郭明义荣获十大责任公民、十大最受欢迎嘉宾。

2011年1月19日，参加全总职工素质建设工程网开通仪式。

2011年1月20日—22日，参加《感动中国》2010年度人物颁奖盛典节目的录制。

2011年1月29日，中共辽宁省委常委、宣传部部长张江专程来鞍山看望郭明义。

2011年1月30日—2月3日，以"道德模范"身份参加中央电视台春节联欢晚会，并现场发言。

2011年2月20日，乔安山和抚顺雷锋小学的同学们到齐大山铁矿看望郭明义。

2011年3月1日，赴北京参加中华儿女年度人物颁奖典礼。郭明义获评首届中华儿女年度人物。

2011年3月3日，沈阳军区授予郭明义学雷锋金质奖章。

2011年3月5日，学习郭明义、弘扬雷锋精神，郭明义爱心团队大型奉献活动在全国11个省市同时启动。活动主会场设在鞍山市二一九公园正门广场，重庆、新疆、湖南、北京等10个省市为活动分会场。当天有1万多人参加了各种献爱心活动。

2011年3月12日，中国红十字总会郝林娜副会长、省红十字会刘琳娜常务副会长、鞍山市副市长王忠哲等领导到公司看望郭明义。

2011年3月16日—6月3日，根据省创先争优活动领导小组的安排，在辽宁省巡回报告，在全省各市作了11场报告。

2011年3月25日，在新浪网开通了"鞍钢郭明义"微博。

2011年4月25日，郭明义获评"辽宁省特等劳动模范"。

2011年4月26日—28日，赴北京参加2011年庆祝五一国际劳动节文艺晚会的录制，并作为嘉宾接受了现场访谈。

2011年5月6日—12日，参加中央企业创先争优活动先进事迹报告团，赴武钢、二重、西电作巡回报告。

2011年5月10日，刘云山在东北新闻网接见了郭明义，详细了解了开通微博、网上宣传的情况，并给予很高的评价。

2011年5月16日—17日，到北京新浪网总部参加视频直播访谈和微访谈。到新华网总部参加"双百"人物和时代先锋网上论坛视频节目的录制。

2011年5月19日，电影《郭明义》主题歌《把幸福给你》在中央人民广播电台金色大厅举行发布会。

2011年6月10日，郭明义被抚顺雷锋纪念馆聘为名誉馆长。

2011年6月12日，参加鞍山市纪念世界献血者日大会，并与无偿献血志愿者进行了交流。当天郭明义微博粉丝数突破100万。

2011年6月14日，通过微博发起大型无偿献血活动，全国各地3000多名志愿者参加，当天共献血60多万毫升。

2011年6月28日，在北京人民大会堂出席电影《郭明义》首映式。

2011年6月31日，在北京人民大会堂参加纪念建党90周年大型文艺演出，带领新党员代表进行入党宣誓。

2011年7月1日，参加全国纪念建党90周年大会。2日，参加全国优秀党组织、优秀党员座谈会。

2011年7月22日，在抚顺出席郭明义精神"五进"活动启动仪式。

2011年9月20日，被评为第三届全国道德模范，并在命名大会上代表新当选的道德模范发言。

2011年10月1日，在北京天安门广场出席国庆活动。

2011年11月15日，郭明义被授予"全国职工职业道德建设标兵"称号。

2011年11月16日，组织第三届全国道德模范赴贵州省毕节市大方县资助贫困山区的孩子。